孙宜学◎主编

宋词三百首

[清]上彊邨民◎编　花莉敏◎编注

朝華出版社
BLOSSOM PRESS

图书在版编目（CIP）数据

宋词三百首 /（清）上彊邨民编；花莉敏编注 .
北京：朝华出版社，2024. 12. --（启秀文库 / 孙宜学
主编）. -- ISBN 978-7-5054-5548-1

Ⅰ . I222.844

中国国家版本馆 CIP 数据核字第 20243CP314 号

宋词三百首

[清] 上彊邨民　　编

花莉敏　　编注

选题策划　　黄明陆　　李金水
责任编辑　　张北鱼
责任印制　　陆竞赢　　訾　坤

出版发行　　朝华出版社
社　　址　　北京市西城区百万庄大街 24 号　　　邮政编码　　100037
订购电话　　（010）68996522
传　　真　　（010）88415258
联系版权　　zhbq@cicg.org.cn
网　　址　　http://zhcb.cicg.org.cn
印　　刷　　三河市龙大印装有限公司
经　　销　　全国新华书店
开　　本　　920mm×1260mm　　1/16　　　　字　　数　　201 千
印　　张　　14.5
版　　次　　2024 年 12 月第 1 版　　2024 年 12 月第 1 次印刷
装　　别　　精
书　　号　　ISBN 978-7-5054-5548-1
定　　价　　52.00 元

"启秀文库"编委会

总 策 划 黄明陆

执行策划 李金水

主　　编 孙宜学

副 主 编 陈曦骏

编　　委 （按姓氏笔画排序）

封面题签　 赵朴初

总序

中国传统文化经典作品是中国智慧的结晶和集中体现，源于中国人的生存智慧、生命智慧，是一代代中国人对天地万物、时序经纬的心灵感悟和提炼总结，已成为人类精神文明的宝贵财富。至今，这些作品仍能释日常生活之惑、解亘古变化之谜，为世界的未来提供中国范式。

中国和世界需要既包蕴中国传统文化精髓，又能真实反映新时代中国文化新发展、新概念的中国传统文化经典著作，这样的著作应具备以下特点：

1. 兼具知识的广度与理论的深度。 能撷取中华优秀传统文化的精华，体现中国人的思维方式和中国文化特质，同时具有内在的理论逻辑，集知识性、系统性、科学性于一体。

2. 兼具学术的高度和历史的维度。 能讲清楚"何谓'文'""何谓'化'"和"何谓'文化'"，并立足于中国和世界文化发展史，以中国传统文化典籍为历史线索，阐释、勾勒出中国文化发展历史的昨天、今天和明天。引导读者通过中国文化内涵的特殊性和普适性元素了解中国文化如何不断推陈出新，中国智慧如何不断博观约取、吐故纳新。

3. 兼具精准的角度和客观的态度。 能基于读者的客观诉求、阅读习惯和审美习惯，充分发掘和利用中国的地域、经济和文化特点，全面深入研究中国文化资源，保证经典著作能"贴近不同区域、不同国家、不同群体受众"，更直接有效地"推进中国故事和中国声音的全球化表达、区域化表达、分众化表达"。

4. 兼具多元的维度与开放的幅度。能基于世界阅读中国的目标，从中外文化互鉴视角，成为世界文化多维度交流互鉴的载体和可持续阐释的源文本。

我们选编这套"启秀文库"，即因此，并为此。中国人阅读这些作品，可以学会更好地生活；外国人阅读这些作品，可以了解和理解中国人的美好生活是一种什么样的历史形态。中外读者共同汲取其中的智慧，可以知道如何建设一个和谐美丽的世界，以及未来的世界会如何美好。

伟大的经典作品，都是为了将日常的生活变得更加美好。在建设"人类命运共同体"的今天，中国文化的精神滋养不应只培育中华民族子孙的天下情怀，还应引导世界人民学会欣赏中国之美、中国之魂、中国之根，在促使世界更深刻理解中国的历史和当代的同时，实现不同民族文化的和谐相处、共生共进。

在中华民族开启向第二个百年奋斗目标进军的新征程之际，中国文化发展也必将进入一个新阶段。这套丛书的时代价值，在于其将"中华文化感召力、中国形象亲和力、中国话语说服力、国际舆论引导力"融入编写、注释和诠释的全过程，从而使传统文化经典作品更能适应新时代，更有能力承载与传播中华文化精髓，向世界讲好中国故事。

孙宜学

2024 年 7 月

于同济大学

宋词，继唐诗之后，创造了中国文学史上的又一辉煌，又一经典。

宋词，又称"曲子词""长短句"，是一种依据固定格式填词，并能配以曲调而歌唱的诗歌形式。词的产生年代很早，其创作在宋代最为兴盛繁荣，于是，宋词便渐渐成了词的代表，且成为宋代文学的重要组成部分。

宋词作为一种独特的文学形式，有重要的历史地位。可以说，宋词是唐诗的延续与变革，并为元曲的形式奠定了基础，起到了"承诗启曲"的作用。

宋词的艺术特色正如一位评论家所说："或如万顷风波，吞天浴月；或为清丽舒徐，隽逸韶秀；或为缠绵悱恻，幽咽怨断；或为淡雅自然，直爽清新；或为空旷蕴藉，韵味隽永；可谓千姿百态，云兴霞蔚，姹紫嫣红。"这段论述，是对宋词风格的较全面的概括。

实际上，词在唐代未能与诗歌相抗衡，入宋以后，却以崭新的面貌出现于文坛，迅速发展成为一代之胜。后来，宋词与唐诗、元曲交相辉映，同为我国古代文苑中的三朵奇葩，几百年来一直吸引着广大读者，许多名篇名句家喻户晓，脍炙人口。

为了让后人了解宋词，喜爱宋词，先贤们就如何编选宋词付出了许多心血，尤其是清朝时，出现了为数众多的宋词选本，其中，以上彊邨民（又作"上强村民""彊村先生"）编选的《宋词三百首》影响最为深远，入选的大多是宋词中的精品。

这本《宋词三百首》以上彊邨民 1924 年编定的版本为底稿，编者对其重新进行梳理、编校。编者在文中增加了词人小传、注释、评注栏目。注释部分突出重点，关注难点；评注部分搜罗百家，择善而从。这样做的目的，就是希望给大家在诵读宋词时提供一定的参考。

书中作品排序按作者生卒年为主，兼顾人物影响、作品内容等因素。另外，词作仅有词牌名的，将词作开头一句标注在括号内。之所以采用这一体例，主要是为了清晰地展现宋朝词人的风格与优长，方便读者赏析、研悟、模仿、搜索。

宋词，是真挚的，也是唯美的。衷心希望大家通过阅读本书，在心中构建起自己的诗词家园，在艰难跋涉人生之路的同时，面带微笑，低吟浅唱。

原序

　　词学极盛于两宋，读宋人词当于体格、神致间求之，而体格尤重于神致。以浑成之一境，为学人必赴之程。境更有进于浑成者，要非可躐而至，此关系学力者也。

　　神致由性灵出，即体格之至美，积发而为清晖芳气而不可能掩者也。近世以小慧侧艳为词，致斯道为之不尊，往往涂抹半生，未窥宋贤门径，何论堂奥！未闻有人焉，以神明与古会，而抉择其至精，为来学周行之示也。

　　彊邨先生尝选《宋词三百首》，为小阮逸馨诵习之资，大要求之体格、神致，以浑成为主旨。夫浑成未遽诣极也，能循涂守辙于三百首之中，必能取精用闳于三百首之外，益神明变化于词外求之，则夫体格、神致间，尤有无形之欣合，自然之妙造，即更进于浑成，要亦未为止境。夫无止境之学，可不有以端其始基乎？

　　则彊邨兹选，倚声者宜人置一编矣。

中元甲子燕九日，临桂况周颐

目录

7

目录

钱惟演（一首）

钱惟演（977—1034），字希圣，临安（今浙江杭州）人。北宋大臣、文学家，吴越忠懿王钱俶第七子，章献明肃皇后刘娥之兄刘美的妻舅。钱惟演随钱俶归宋，历任右神武将军、太仆少卿、命直秘阁，预修《册府元龟》，累迁工部尚书，拜枢密使，官终崇信节度使。去世后获赠侍中，谥号"思"。后加赠太师、中书令、英国公，改谥"文僖"。博学能文，在文学创作上颇有建树，为"西昆体"骨干诗人。喜招徕文士，奖掖后进。晚年为西京留守时，对欧阳修、梅尧臣等人颇有提携之恩。所著今存《家王故事》《金坡遗事》。

木兰花（城上风光莺语乱）①

城上风光莺语乱②，城下烟波春拍岸。绿杨芳草几时休？泪眼愁肠先已断。　　情怀渐觉成衰晚③，鸾镜④朱颜惊暗换。昔年多病厌芳尊⑤，今日芳尊惟恐浅。

①《木兰花》又称《玉楼春》。
②莺语：美好的声音。
③衰晚：衰弱的晚年。
④鸾镜：罽（jì）宾王有鸾，三年不鸣。夫人说悬镜照之，鸾见"同类"影则悲鸣。故后世称镜为"鸾镜"，多借此词表达离愁别恨。
⑤芳尊：酒杯。指饮酒。尊，通"樽"。

评注

清·张思岩《词林纪事》：宋人《木兰花》词即《玉楼春》体。

明·沈际飞《草堂诗余正集》：芳樽恐浅，正断肠处，情尤真笃。

清·王奕清等《历代词话》：此公暮年之作，词极凄婉。

聂冠卿（一首）

聂冠卿（988—1042）字长孺，新安（今安徽省歙县）人。大中祥符五年（1012）进士，庆历元年（1041）以兵部郎中知制诰，拜翰林学士，为宋时名臣，以词著称。今存词一首，前人评"盖北宋慢词始于此篇"。著有《蕲春集》，今不传。

多丽·李良定公席上赋

想人生，美景良辰堪惜。问其间、赏心乐事，就中难是并得。况东城、凤台沁苑①，泛晴波、浅照金碧。露洗华桐，烟霏丝柳，绿阴摇曳荡春一色。画堂迥、玉簪琼佩，高会尽词客。清欢久、重燃绛蜡，别就瑶席。　有翩若轻鸿体态，暮为行雨标格②。逞朱唇、缓歌妖丽，似听流莺乱花隔。慢舞萦回，娇鬟低亸③，腰肢纤细困无力。忍分散、彩云归后，何处更寻觅。休辞醉，明月好花，莫漫④轻掷。

① 凤台沁苑：以皇家园林比喻东城的美好风光。秦穆公之女与萧史结为夫妻，秦穆公为他们修建凤台。沁苑原是汉明帝女儿的园林，后来泛指皇家园林。

② 行雨标格：像能行云降雨的仙女一样。

③ 亸（duǒ）：低垂。

④ 漫：徒然，白白地。

评注

宋·胡仔《苕溪渔隐丛话》：冠卿词有"露洗华桐，烟霏丝柳"之句，此正是仲春天气。下句乃云"绿阴摇曳荡春一色"，其时未有绿阴，真语病也。

柳永（十三首）

柳永（约 987—1053），原名三变，字景庄，后改名柳永，字耆卿，因排行第七，又称柳七，崇安（今属福建）人，北宋著名词人，婉约派代表人物。出身官宦世家，少时学习诗词，有功名用世之志。咸平五年（1002 年），离开家乡，流寓杭州、苏州，沉醉于听歌买笑的生活中。大中祥符元年（1008 年），进京参加科举，屡试不中，遂一心填词。景祐元年（1034 年），暮年及第，历任睦州团练推官、余杭县令、晓峰盐碱、泗州判官等职，以屯田员外郎致仕，故世称"柳屯田"。柳永是第一位对宋词进行全面革新的词人，也是两宋词坛上创用词调最多的词人。柳永大力创作慢词，将敷陈其事的赋法移植于词，同时充分运用俚词俗语，以适俗的意象、淋漓尽致的铺叙、平淡无华的白描等独特的艺术个性，对宋词的发展产生了深远影响。

曲玉管（陇首云飞）

陇首云飞①，江边日晚，烟波满目凭阑②久。立望关河萧索，千里清秋，忍凝眸？　　杳杳神京，盈盈仙子，别来锦字终难偶③。断雁无凭，冉冉飞下汀洲，思悠悠。　　暗想当初，有多少、幽欢佳会，岂知聚散难期，翻成雨恨云愁。阻追游，每登山临水，惹起平生心事，一场消黯④，永日无言⑤，却下层楼。

① 陇首：山头或高丘之上。
② 阑：同"栏"。
③ 锦字：书信。难偶：难以相会。
④ 消黯：黯然销魂。
⑤ 永日：长久。

评注

清·郑文焯《大鹤山人词话附录·大鹤山人论词遗札》：……昨与沤公翻检柳词，得《曲玉管》一解，直是同谱异曲。起调两段，乃与清真冥合。采是则词之过片三字，确为属上无疑。虽平侧之调稍异，而句律则同一格，当据以引申补入校录。

雨霖铃（寒蝉凄切）

寒蝉凄切，对长亭晚，骤雨初歇。都门帐饮无绪①，留恋处，兰舟催发。执手相看泪眼，竟无语凝噎②。念去去、千里烟波，暮霭沉沉楚天阔③。　　多情自古伤离别，更那堪、冷落清秋节！今宵酒醒何处？杨柳岸、晓风残月。此去经年，应是良辰好景虚设。便纵有千种风情④，更与何人说？

① 都门帐饮：在京城门外设帐饯行。

② 凝噎：喉中气塞。指因悲伤过度而说不出话来。

③ 暮霭沉沉：晚间云气厚重。

④ 风情：风流情意。

评注

清·刘熙载《艺概》：词有点有染，柳耆卿《雨霖铃》云："多情自古伤离别……晓风残月。"上二句点出离别。"冷落""今宵"二句，乃就上二句意染之。点染之间，不得有他语相隔。隔则警句亦成死灰矣。

蝶恋花（伫倚危楼风细细）①

伫倚危楼风细细②，望极春愁，黯黯生天际③。草色烟光残照里，无言谁会凭阑意？　　拟把疏狂图一醉④，对酒当歌，强乐还无味。衣带渐宽终不悔，为伊消得人憔悴⑤。

① 蝶恋花：一作"凤栖梧"，是同一词牌的别名。

② 伫：久立。危楼：高楼。

③ 黯黯：忧伤离别之貌。

④ 拟把疏狂：打算放纵一下。疏狂，生活狂放散漫，不受约束。

⑤ 消得：值得。

评注

清·贺裳《皱水轩词筌》：小词以含蓄为佳，亦有作决绝语而妙者。如韦庄"谁家年少逐风流。妾拟将身嫁与，一生休。纵被无情弃，不能羞"之类是也。牛峤"须作一生拚，尽君今日欢"，抑亦其次。柳耆卿"衣带渐宽终不悔，为伊消得人憔悴"，亦即韦意，而气加婉矣。

采莲令（月华收）

月华收①，云淡霜天曙。西征客，此时情苦。翠娥执手送临歧②，轧轧开朱户③。千娇面，盈盈伫立，无言有泪，断肠争忍回顾④。
一叶兰舟，便恁急桨凌波去。贪行色，岂知离绪。万般方寸⑤，但饮恨，脉脉同谁语⑥。更回首，重城不见，寒江天外，隐隐两三烟树。

① 月华收：月亮落下，天气将晓。

② 临歧：岔路口。此指临别。

③ 轧轧：象声词，门轴转动的声音。

④ 争忍：怎忍。

⑤ 方寸：心绪，心情。

⑥ 脉脉：含情。

评注

清·况周颐《蕙风词话》：盖写景与言情，非二事也。善言情者，但写景而情在其中，此等境界，惟北宋词人往往有之。

浪淘沙慢（梦觉、透窗风一线）

梦觉、透窗风一线，寒灯吹息。那堪酒醒，又闻空阶，夜雨频滴。嗟因循、久作天涯客①。负佳人、几许盟言，便忍把、从前欢会，陡顿翻成忧戚②。　　愁极。再三追思，洞房深处，几度饮散歌阑，香暖鸳鸯被。岂暂时疏散，费伊心力。殢云尤雨③，有万般千种，相怜相惜。　　恰到如今，天长漏永，无端自家疏隔。知何时、却拥秦云态④。愿低帏昵枕⑤，轻轻细说与，江乡夜夜，数寒更思忆。

① 因循：不振作之意。

② 陡顿：突然。

③ "殢（tì）云"句：指男女贪恋欢情。

④ 秦云：秦楼云雨。形容男欢女爱。

⑤ 昵：亲近；亲昵。

评注

清·刘熙载《艺概》：绮罗香泽之态，所在多有，故觉风期未上耳。

定风波（自春来、惨绿愁红）

自春来、惨绿愁红①，芳心是事可可②。日上花梢，莺穿柳带，犹压香衾卧。暖酥消③，腻云嚲④，终日厌厌倦梳裹。无那⑤。恨薄情一去，音书无个。　　早知恁么，悔当初，不把雕鞍锁。向鸡窗⑥，只与蛮笺象管⑦，拘束教吟课⑧。镇相随⑨，莫抛躲，针线闲拈伴伊坐。和我，免使年少光阴虚过。

① "惨绿"句：把绿叶红花看成愁惨景象。

② 是事可可：对什么事都无可无不可，不放心上。

③ 暖酥消：脸上的香油消散了。一作肌肤消瘦讲。

④ 腻云嚲（duǒ）：形容头发散乱。嚲，下垂状。

⑤ 无那：无可奈何。

⑥ 鸡窗：书房。

⑦ 蛮笺（jiān）：古时四川产的彩色笺纸。

⑧ 吟课：把吟咏作为功课。

⑨ 镇：整日。

评注

宋·张舜民《画墁录》：柳三变既以词忤仁庙，吏部不敢改官，三变不能堪，诣政府。晏公曰："贤俊作曲子么？"三变曰："只如相公，亦作曲子。"公曰："殊虽作曲子，不曾道'彩线慵拈伴伊坐'。"柳遂退。

少年游（长安古道马迟迟）

长安古道马迟迟，高柳乱蝉嘶。夕阳鸟外①，秋风原上，目断四天垂②。　　归云一去无踪迹，何处是前期？狎兴生疏③，酒徒萧索，不似去年时④。

① 鸟：一作"岛"。

② 四天垂：天光四垂。

③ 狎兴：冶游的兴致。

④ 去年：一作"少年"。

评注

清·谭献《复堂词话》：挑灯读宋人词，至柳耆卿云："狎兴生疏，酒徒萧索，不似去年时。"语不工，甚可慨也。

戚氏（晚秋天）

晚秋天，一霎微雨洒庭轩①。槛菊萧疏②，井梧零乱③，惹残烟。凄然，望江关④，飞云黯淡夕阳间。当时宋玉悲感，向此临水与登山。远道迢递，行人凄楚，倦听陇水潺湲。正蝉吟败叶，蛩响衰草⑤，相应喧喧。　孤馆，度日如年。风露渐变，悄悄至更阑⑥。长天净，绛河清浅⑦，皓月婵娟。思绵绵。夜永对景，那堪屈指暗想从前。未名未禄，绮陌红楼⑧，往往经岁迁延。　帝里风光好，当年少日，暮宴朝欢。况有狂朋怪侣，遇当歌对酒竞留连。别来迅景如梭，旧游似梦，烟水程何限。念名利，憔悴长萦绊。追往事、空惨愁颜。漏箭移⑨，稍觉轻寒。渐呜咽、画角⑩数声残。对闲窗畔，停灯向晓⑪，抱影无眠。

① 一霎：一阵。庭轩：庭院里有敞窗的厅阁。

② 槛菊：栏杆外的菊花。

③ 井梧：井旁挺拔的梧桐古树。源自唐薛涛《井梧吟》："庭除一古桐，耸干入云中。枝迎南北鸟，叶送往来风。"

④ 江关：疑因荆门、虎牙二山（分别在今湖北省枝城镇和宜昌市）夹江对峙，古称江关，战国时为楚地。

⑤ 蛩（qióng）：蟋蟀。

⑥ 更阑：五更将近，天快要亮了。犹言夜深。

⑦ 绛河：银河。天空称为绛霄，银河称为绛河。

⑧ "绮（qǐ）陌"句：犹言花街青楼。绮陌：繁华的道路。

⑨ 漏箭：古时以漏壶滴水计时，漏箭移即光阴动。

⑩ 画角：古代乐器，有彩绘，一般在黎明和黄昏时吹奏。

⑪ 停灯：吹灭灯火。

评注

明·李攀龙《草堂诗余隽》：首叙悲秋情绪，次叙永夜幽思，未勘破名利关头，更透。

宋·王灼《碧鸡漫志》：前辈云："《离骚》寂寞千年后，《戚氏》凄凉一曲终。"《戚氏》，柳所作也。柳何敢知世间有《离骚》，惟贺方回、周美成时时得之。

夜半乐（冻云黯淡天气）

冻云黯淡天气①，扁舟一叶，乘兴离江渚。渡万壑千岩，越溪深处②。怒涛渐息，樵风乍起③，更闻商旅相呼。片帆高举，泛画鹢④、翩翩过南浦。　　望中酒旆闪闪，一簇烟村，数行霜树。残日下，渔人鸣榔归去⑤。败荷零落，衰杨掩映，岸边两两三三、浣纱游女。避行客，含羞笑相语。　　到此因念，绣阁轻抛，浪萍难驻⑥。叹后约、丁宁竟何据⑦。惨离怀、空恨岁晚归期阻。凝泪眼、杳杳神京路⑧，断鸿声远长天暮⑨。

① "冻云"句：寒云遮天，显得很阴暗。冻云，冬天浓重聚积的云。

② 越溪：原意是指西施浣纱的若耶溪，这里泛指溪水。

③ 樵风：山里的风。

④ 画鹢（yì）：船。鹢，水鸟，形如鹭而大，不惧风暴。古时画在船头以图吉利，因此称船为"画鹢"。

⑤ 鸣榔：击木惊鱼，使之入网。

⑥ "浪萍"句：萍草随水浪而漂浮不定。比喻流浪的生活。

⑦ 后约：约定后会之期。

⑧ 神京：指京城。

⑨ 断鸿声远：意思是音信断绝。

评注

清·陈锐《袌碧斋词话》：柳词《夜半乐》云："怒涛渐息，樵风乍起……翩翩过南浦。"此种长调，不能不有此大开大阖之笔。

清·许昂霄《词综偶评》：第一叠言道途所经，第二叠言目中所见，第三叠乃言去国离乡之感。"到此因念，绣阁轻抛"二句，接上一片。

玉蝴蝶（望处雨收云断）

望处雨收云断，凭阑悄悄，目送秋光。晚景萧疏，堪动宋玉悲凉。水风轻、蘋花渐老①，月露冷、梧叶飘黄。遣情伤。故人何在？烟水茫茫。　　难忘、文期酒会，几孤风月②，屡变星霜③。海阔山遥，未知何处是潇湘④。念双燕、难凭

① 蘋花：一种开着小白花的浮萍。

② 孤：辜。

③ 星霜：星一年一周转，霜每年到时而降，故称一星霜为一年。

④ 潇湘：本指潇水和湘水，此处泛指思念之处。

远信，指暮天、空识归航。黯相
望，断鸿⑤声里，立尽斜阳。

⑤断鸿：失群的大雁。

评注

俞陛云《唐五代两宋词选释》："水风"二句善状萧疏晚景，且引起
下文离思。"情伤"以下至结句黯然魂消，可抵江淹《别赋》，令人增
《蒹葭》怀友之思。

清·许昂霄《词综偶评》：与《雪梅香》《八声甘州》数首，蹊径
仿佛。

八声甘州（对潇潇暮雨洒江天）

对潇潇暮雨洒江天，一番洗清
秋。渐霜风凄紧，关河冷落，残照
当楼。是处红衰翠减①，苒苒物华
休②。惟有长江水，无语东流。
不忍登高临远，望故乡渺邈③，归
思难收。叹年来踪迹，何事苦淹
留④？想佳人、妆楼颙望⑤，误几
回、天际识归舟。争知我⑥、倚阑
杆处，正恁凝愁⑦！

① 是处：到处。红衰翠减：指花
叶凋零。红，代指花。翠，代指
绿叶。

② 苒（rǎn）苒：同"荏苒"，形容
时光消逝，渐渐过去的意思。物
华：美好的景物。休：这里是衰
残的意思。

③ 渺邈（miǎo）：远貌，渺茫遥远。
一作"渺渺"，义同。

④ 淹留：长期停留。

⑤ 颙（yóng）望：抬头凝望。

⑥ 争：怎。

⑦ 恁：如此。

评注

近代·梁启超《饮冰室评词》：飞卿词"照花前后镜，花面交相映"，
此词境颇似之。

清·沈祥龙《论词随笔》：词韶丽处，不在涂脂抹粉也。……诵耆
卿"渐霜风凄紧，关河冷落，残照当楼"句，自觉神魂欲断。盖皆在神
不在迹也。

宋·赵令畤《侯鲭录》：东坡云："世言柳耆卿词俗，非也。如《八声
甘州》云'霜风凄紧，关河冷落，残照当楼'，此语于诗句不减唐人。"

迷神引（一叶扁舟轻帆卷）

一叶扁舟轻帆卷，暂泊楚江南岸。孤城暮角①，引胡笳怨。水茫茫，平沙雁，旋惊散。烟敛寒林簇，画屏展。天际遥山小，黛眉浅②。

旧赏轻抛，到此成游宦。觉客程劳，年光晚。异乡风物，忍萧索，当愁眼。帝城赊③，秦楼阻，旅魂乱。芳草连空阔，残照满。佳人无消息，断云远。

① 暮角：傍晚的号角声。

② 黛眉浅：形容远山朦胧的景色。

③ 赊：遥远。

评注

宋·王灼《碧鸡漫志》：柳耆卿《乐章集》，世多爱赏该洽，叙事闲暇，有首有尾。亦间出佳语，又能择声律韵美者用之。惟是浅近卑俗，自成一体，不知书者犹好之。

竹马子（登孤垒荒凉）

登孤垒荒凉①，危亭旷望，静临烟渚。对雌霓挂雨，雄风拂槛②，微收残暑。渐觉一叶惊秋，残蝉噪晚，素商③时序。览景想前欢④，指神京，非雾非烟深处。　　向此成追感，新愁易积，故人难聚。凭高尽日凝伫，赢得消魂无语。极目霁霭霏微，暝鸦零乱⑤，萧索江城暮⑥。南楼画角，又送残阳去。

① 孤垒：孤零零的昔日营垒。垒，军用建筑物。

② "雄风"句：强劲之风吹拂栏杆。

③ 素商：《礼记·月令》语，"孟秋之月，其音商"。故"素商"即秋天。

④ 前欢：从前与故人欢聚的情景。

⑤ 暝：天黑。

⑥ 萧索：萧疏冷落。

评注

清·王奕清等《历代词话》：柳词风格不高，而音律谐缓，词意妥帖，承平气象，形容曲尽，尤工于羁旅行役。

范仲淹（三首）

范仲淹（989—1052），字希文。祖籍邠州（今陕西彬州），后移居苏州吴县。北宋时期杰出的政治家、文学家。幼年丧父，母亲改嫁长山朱氏，遂更名朱说。大中祥符八年（1015年），苦读及第，授广德军司理参军。后历任兴化县令、秘阁校理、陈州通判、苏州知州、权知开封府等职，因秉公直言而屡遭贬斥。宋夏战争爆发后，康定元年（1040年），与韩琦共任陕西经略安抚招讨副使，采取"屯田久守"的方针，巩固西北边防。后被仁宗召回朝，授枢密副使。后拜参知政事，上《答手诏条陈十事》，发起"庆历新政"。新政受挫，自请出京，历知邠州、邓州、杭州、青州。皇祐四年（1052年），改知颍州。去世后，宋仁宗亲书其碑额为"褒贤"。累赠太师、中书令兼尚书令、魏国公，谥号"文正"，世称"范文正公"。至清代以后，相继从祀于孔庙及历代帝王庙。范仲淹在地方治政、守边皆有成绩，文学成就突出。他倡导的"先天下之忧而忧，后天下之乐而乐"的思想和仁人志士节操，对后世影响深远。有《范文正公文集》传世。

渔家傲（塞下秋来风景异）

塞①下秋来风景异，衡阳雁去②无留意。四面边声连角起，千嶂里③，长烟落日孤城闭。　　浊酒一杯家万里，燃然未勒归无计④。羌管悠悠霜满地⑤，人不寐⑥，将军白发征夫泪。

① 塞：边界要塞之地，这里指西北边疆。

② 衡阳雁去：传说秋天北雁南飞，至湖南衡阳回雁峰而止，不再南飞。

③ 千嶂：绵延而峻峭的山峰，崇山峻岭。

④ 燃然未勒：指战事未平，功名未立。

⑤ 羌管：羌笛，出自古代西部羌族的一种乐器。悠悠：形容声音飘忽不定。

⑥ 不寐：睡不着。

评注

清·冯金伯《词苑萃编》：词旨苍凉，多道边镇之苦。欧阳永叔每呼为"穷塞主"，诗非穷不工，乃于词亦云。

苏幕遮·怀旧

碧云天，黄叶地。秋色连波，波上寒烟翠。山映斜阳天接水[1]。芳草无情，更在斜阳外[2]。　　黯乡魂[3]，追旅思[4]。夜夜除非，好梦留人睡[5]。明月楼高休独倚。酒入愁肠，化作相思泪。

[1] "山映"句：斜阳映山，远水接天。

[2] "芳草"两句：芳草远接斜阳外的天涯（暗指远方的故乡），那么无情，使人愁苦。

[3] 黯乡魂：思念家乡，黯然销魂。

[4] 追旅思：羁旅的愁思追扰不休。

[5] "夜夜"两句：夜里除偶有好梦外，别无慰藉。

评注

清·黄氏《蓼园词评》：文正当宋仁宗之时，扬历中外，身肩一国之安危。虽其时不无小人，究系隆盛之日。而文正乃忧愁若此，此其所以"先天下之忧而忧"矣。

御街行·秋日怀旧

纷纷坠叶飘香砌[1]。夜寂静，寒声碎[2]。真珠帘卷玉楼空[3]，天淡银河垂地[4]。年年今夜，月华如练[5]，长是人千里。　　愁肠已断无由醉。酒未到，先成泪。残灯明灭枕头敧[6]，谙尽孤眠滋味[7]。都来此事，眉间心上，无计相回避。

[1] 香砌：香阶，有落花香味的台阶。

[2] 寒声碎：寒风吹动落叶发出细碎的声音。

[3] "真珠"句：珠帘高卷，人去楼空。真珠：即珍珠。

[4] "天淡"句：天色清明，银河好像垂到了地上。

[5] 如练：像丝绸一样。

[6] 敧（qī）：倾斜。同"攲"。

[7] 谙（ān）尽：尝尽。

评注

清·陈廷焯《白雨斋词话》：淋漓沉着。《西厢·长亭》袭之，骨力远逊，且少味外味。此北宋所以为高，小山、永叔后，此调不复弹矣。

张先（七首）

张先（990—1078），字子野，因曾任安陆县的知县，人称"张安陆"。好友戏称他为"张三中"，因为他填词的题材总不出"心中事、眼中泪、意中人"。张先更喜欢别人称呼自己为"张三影"，因为他填词爱用"影"字，写出过三个绝佳的句子，即"云破月来花弄影""娇柔懒起，帘幕卷花影""柔柳摇摇，坠轻絮无影"。张先是北宋著名的富贵闲人之一，一生颇多风流韵事。张先填词工于小令，写得婉转深情，极富文人特有的顾影自怜的味道。喜欢言情，但往往流于艳情。

千秋岁（数声鶗鴂）

数声鶗鴂①，又报芳菲歇。惜春更把残红折②。雨轻风色暴，梅子青时节。永丰柳③，无人尽日花飞雪。　　莫把幺弦拨④，怨极弦能说。天不老，情难绝。心似双丝网，中有千千结。夜过也，东窗未白凝残月⑤。

① 鶗鴂:(tíjué):杜鹃鸟,亦称"子规鸟"。

② 把:一作"选"。

③ 永丰:唐洛阳城中有永丰坊。

④ 幺弦:琵琶的第四弦。因最细,故称。

⑤ 凝残月:一作"孤灯灭"。

评注

宋·苏轼《苏轼文集》：张子野诗笔老妙，歌词乃其余技耳。……皆可以追配古人。而世俗但称其歌词。

菩萨蛮（哀筝一弄湘江曲）

哀筝一弄湘江曲，声声写尽湘波绿。纤指十三弦①，细将幽恨传。　　当筵秋水慢②，玉柱斜飞雁③。弹到断肠时，春山眉黛低。

① 十三弦:筝有十三根弦。

② 秋水:眼神明澈如秋水。

③ "玉柱"句:指筝柱斜列如雁行。

评注

明·沈际飞《草堂诗余正集》："断肠"二句俊极，与"一一春莺语"

比美。

清·黄氏《蓼园词评》：写筝耶？寄托耶？意致却极凄婉。末句意浓而韵远，妙在能蕴藉。

醉垂鞭（双蝶绣罗裙）

双蝶绣罗裙①，东池宴，初相见。朱粉不深匀②，闲花淡淡春。

细看诸处好，人人道，柳腰身。昨日乱山昏，来时衣上云。

① "双蝶"句：罗裙上绣着双飞的蝴蝶。
② "朱粉"句：不在脸上涂抹脂粉。

评注

清·沈雄《古今词话》：晁无咎云："子野、耆卿齐名，而时以子野不及耆卿者。子野韵高，是耆卿所乏处。"

清·周济《宋四家词选》：横绝。

一丛花（伤高怀远几时穷）

伤高怀远几时穷？无物似情浓。离愁正引千丝乱，更东陌、飞絮濛濛①。嘶骑渐遥②，征尘不断，何处认郎踪。　　双鸳池沼水溶溶，南北小桡通③。梯横画阁黄昏后，又还是、斜月帘栊④。沉恨细思，不如桃杏，犹解嫁东风。

① 东陌：东面的道路。
② 嘶骑：嘶叫的马。
③ 桡（ráo）：船桨。此处代指船。
④ 帘栊（lóng）：窗帘和窗户。栊，窗户。

评注

清·贺裳《皱水轩词筌》：唐李益词曰："嫁得瞿塘贾，朝朝误妾期。早知潮有信，嫁与弄潮儿。"子野《一丛花》末句云："沉恨细思，不如桃杏，犹解嫁春风。"此皆无理而妙，吾亦不敢定为所见略同，然较之"寒鸦数点"，则略无痕迹矣。

天仙子（水调数声持酒听）

时为嘉禾小倅①，以病眠不赴府会。

水调数声持酒听②，午醉醒来愁未醒。送春春去几时回？临晚镜，伤流景③，往事后期空记省④。

沙上并禽池上暝⑤，云破月来花弄影。重重帘幕密遮灯。风不定，人初静，明日落红应满径。

① 嘉禾：宋时郡名，今浙江嘉兴。倅（cuì）：副官。张先此时在嘉兴做判官。

② 水调：曲调名。

③ 流景：流年。意为似水年华。景，通"影"。

④ 后期：后会的期约。

⑤ 并禽：成对的鸟儿。此处指鸳鸯。

评注

近代·王国维《人间词话》："云破月来花弄影"，着一"弄"字而境界全出矣。

明·沈际飞《草堂诗余正集》："云破月来"句，心与景会，落笔即是，着意即非，故当脍炙。

青门引·春思

乍暖还轻冷。风雨晚来方定。庭轩寂寞近清明①，残花中酒②，又是去年病。　　楼头画角风吹醒③。入夜重门静。那堪更被明月，隔墙送过秋千影。

① 庭轩：庭院；走廊。清明：清明节。

② "残花"句：悼惜花残春暮，饮酒过量。

③ 楼头：城上的戍楼。

评注

清·黄氏《蓼园词评》：落寞情怀，写来幽隽无匹。不得志于时者，往往借闺情以写其幽思。角声而曰"风吹醒"，"醒"字极尖刻。至末句那堪送影，真是描神之笔，极希音渺渺之致。

生查子（含羞整翠鬟）①

含羞整翠鬟②，得意频相顾。雁柱十三弦③，一一春莺语。　　娇云容易飞④，梦断知何处。深院锁黄昏，阵阵芭蕉雨。

① 《生查子》原为唐教坊曲，有多个别名。《全宋词》将这首词收入欧阳修作品中。今据1924年上彊邨民编定本暂列此词为张先词作。

② 翠鬟（huán）：妇女环形发髻。

③ 雁柱：筝有十三弦，琴柱斜排如雁斜飞，称雁柱。这里代指古筝。

④ "娇云"句：语出宋玉《高唐赋》。宋玉与楚王游云梦之台，见上有云气，宋玉言，其为神女所化。故此有"娇云"之说。

评注

　　清·黄氏《蓼园词评》：按"一一"字，从"频"字生来，"春莺"语，从"得意"字生来，前一阕，写得意时情怀，无限旖旎。次一阕写别后情怀，无限凄苦。胥于筝寓之。凡遇合无常，思妇中年，英雄末路，读之皆堪下泪。

晏殊（十一首）

晏殊（991—1055），字同叔，抚州临川（今属江西）人，北宋著名文学家、政治家。14岁以神童入试，赐进士出身，命为秘书省正字，官至右谏议大夫、集贤殿学士、同平章事兼枢密使、礼部刑部尚书、观文殿大学士知永兴军、兵部尚书。去世后，封临淄公，谥号"元献"，世称"晏元献"。晏殊以词著于文坛，尤擅小令，风格含蓄婉丽，与其子晏幾道被称为"大晏"和"小晏"，又与欧阳修并称"晏欧"。存世有《珠玉词》《晏元献遗文》《类要》。

浣溪沙（一曲新词酒一杯）

一曲新词酒一杯，去年天气旧亭台。夕阳西下几时回？　　无可奈何花落去，似曾相识燕归来。小园香径独徘徊①。

① 香径：满是落花或花草芳香的小径。徘徊：来回走。

评注

清·刘熙载《艺概》：词中句与字似触着者，所谓极炼如不炼也。晏元献"无可奈何花落去"二句，触着之句也。

清·沈雄《古今词话·词品》：晏殊谓王琪曰："假如'无可奈何花落去'久未有对。"琪即应声云："'似曾相识燕归来'何如。"晏为之大喜，辟置馆职。

浣溪沙（一向年光有限身）

一向年光有限身①，等闲离别易消魂②，酒筵歌席莫辞频。满目山河空念远，落花风雨更伤春。不如怜取眼前人③。

① 一向：一晌；片时。

② 等闲：平常。消魂：同"销魂"。

③ "不如"句：不如怜惜、善待眼前的亲人。

评注

俞陛云《唐五代两宋词选释》：此词前半首笔意回曲，如石梁瀑布，作三折而下。言年光易尽，而此身有限，自嗟过客光阴，每值分离，即寻常判袂，亦不免魂消黯然。三句言消魂无益，不若歌筵频醉，借酒浇愁，半首中无一平笔。后半转头处言浩莽山河，飘摇风雨，气象恢宏。而"念远"句承上"离别"而言，"伤春"句承上"年光"而言，欲开仍合。虽小令而具长调章法。结句言伤春念远，只恼人怀，而眼前之人，岂能常聚，与其落月停云，他日徒劳相忆，不若怜取眼前，乐其晨夕，勿追悔蹉跎，串足第三句"歌席莫辞"之意也。

清平乐（红笺小字）

红笺小字①，说尽平生意②。鸿雁在云鱼在水③，惆怅此情难寄④。

斜阳独倚西楼，遥山恰对帘钩。人面不知何处，绿波依旧东流。

① 红笺：印有红线格的绢纸。多指情书。

② 平生意：平生相慕相爱之意。

③ "鸿雁"句：在古代传说中，鸿雁和鲤鱼都能传递书信。

④ 惆怅：失意，伤感。

评注

清·陈廷焯《词则·闲情集》：低回婉曲。

清平乐（金风细细）

金风细细①，叶叶梧桐坠。绿酒初尝人易醉②，一枕小窗浓睡。

紫薇朱槿花残，斜阳却照阑干。双燕欲归时节，银屏昨夜微寒③。

① 金风：秋风。

② 绿酒：美酒。

③ 银屏：白色的屏风。

评注

清·先著、程洪《词洁辑评》：情景相副，宛转关生，不求工而自合。宋初所以不可及也。

木兰花（燕鸿过后莺归去）

　　燕鸿过后莺归去，细算浮生千万绪。长于春梦几多时①，散似秋云无觅处。　　闻琴解佩神仙侣②，挽断罗衣留不住。劝君莫作独醒人，烂醉花间应有数。

① 春梦：语出白居易的《花非花》："来如春梦几多时，去似朝云无觅处。"

② 闻琴：卓文君的故事。文君新寡，司马相如以琴挑之，解佩：江妃解佩以赠郑交甫。

评注

　　清·李调元《雨村词话》：晏殊《珠玉词》极流丽，能以翻用成语见长。

　　宋·王灼《碧鸡漫志》：晏元献长短句风流蕴藉，一时莫及。而温润秀洁，亦无其比。

木兰花（池塘水绿风微暖）

　　池塘水绿风微暖，记得玉真初见面①。重头歌韵响琤琮②，入破舞腰红乱旋③。　　玉钩阑下香阶畔，醉后不知斜日晚。当时共我赏花人，点检如今无一半④。

① 玉真：仙人。这里指美女。

② 重头：词中前后阕节拍完全相同者。琤琮(chēngcóng)：玉器相击声或流水声。

③ 入破：唐宋大曲一个音乐段落的名称。

④ 点检：查看，检查。

评注

　　清·张思岩《词林纪事》：东坡诗"尊前点检几人非"，与此词结句同意。往事关心，人生如梦，每读一过，不禁惘然。

木兰花（绿杨芳草长亭路）

　　绿杨芳草长亭路，年少抛人容易去。楼头残梦五更钟①，花底离

① 五更钟：黎明时分，怀人之时，此刻最相思。

愁三月雨[2]。　无情不似多情苦，一寸还成千万缕[3]。天涯地角有穷时[4]，只有相思无尽处。

② 三月雨：春暮之日，此时最能引起相思。

③ 一寸：指寸心、区区之心。

④ 穷：穷尽，终了。

评注

清·陈廷焯《白雨斋词话》：不失为风流酸楚。

清·黄氏《蓼园词评》：言近而指远者，善言也。"年少抛人"，凡罗雀之门，故鱼之泣，皆可作如是观。"楼头"二语，意致凄然，击起多情苦来。末二句总见多情之苦耳。妙在意思忠厚，无怨怼口角。

踏莎行（祖席离歌）

祖席离歌[1]，长亭别宴。香尘已隔犹回面。居人匹马映林嘶，行人去棹依波转。　画阁魂消，高楼目断[2]。斜阳只送平波远。无穷无尽是离愁，天涯地角寻思遍[3]。

① 祖席：古代出行时祭祀路神叫"祖"。后来称设宴饯别的所在为"祖席"。

② "画阁"两句：居人在楼阁之上遥念行人。

③ 寻思：不断思索。

评注

明·王世贞《艺苑卮言》："斜阳只送平波远"，又"春来依旧生芳草"，淡语之有致者也。

踏莎行（小径红稀）

小径红稀[1]，芳郊绿遍。高台树色阴阴见[2]。春风不解禁杨花，濛濛乱扑行人面。　翠叶藏莺，朱帘隔燕。炉香静逐游丝转[3]。一场愁梦酒醒时，斜阳却照深深院。

① 红稀：花儿稀少、凋谢。

② 高台：高高的楼台，这里指高楼。阴阴见：暗暗显露。阴阴，隐隐约约。

③ 游丝转：烟雾旋转上升，像游动的青丝一般。

评注

清·谭献《复堂词话》：刺词。

清·黄氏《蓼园词评》：此篇仍前章之意，托兴既同，而结构各异。

首三句言花稀而叶盛，喻君子少而小人多也。"高台"指帝阍。"东风"二句，小人如杨花之轻薄，易动摇君心也。"翠叶"二句，喻事多阻隔。"炉香"句，喻己心之郁纡也。"斜阳却照深深院"，言不明之日难照此渊衷也。臣心与闺意双关写去，细思自得之耳。

踏莎行（碧海无波）

碧海无波①，瑶台有路。思量便合双飞去。当时轻别意中人，山长水远知何处。　　绮席凝尘②，香闺掩雾。红笺小字凭谁附③？高楼目尽欲黄昏，梧桐叶上萧萧雨。

① 碧海：传说中的海名。

② 绮席：华丽的席具。

③ 红笺：红色笺纸。这是化用唐韩偓《偶见》诗"小叠红笺书恨字，与奴方便寄卿卿"。附：带去。

【评注】

清·冯熙《宋六十一家词选·例言》：晏同叔去五代未远，馨烈所扇，得之最先，故左宫右徵，和婉而明丽，为北宋倚声家初祖。

清·刘熙载《艺概》：冯延巳词，晏同叔得其俊，欧阳永叔得其深。

蝶恋花（六曲阑干偎碧树）①

六曲阑干偎碧树②，杨柳风轻，展尽黄金缕③。谁把钿筝移玉柱④，穿帘海燕双飞去。　　满眼游丝兼落絮，红杏开时，一霎清明雨⑤。浓睡觉来莺乱语，惊残好梦无寻处。

①《蝶恋花》为唐代教坊曲，原名《鹊踏枝》。也有研究认为此词作者为冯延巳。

② 偎：依靠。

③ 黄金缕：比喻嫩黄的柳条。

④ 钿（diàn）筝：罗钿装饰的古筝。

⑤ 一霎：很短的时间。

【评注】

俞陛云《唐五代两宋词选释》：写景明秀，通首于景中隐寓情思，有含毫邈然之意。

清·谭献《谭评词辨》：金碧山水，一片空濛，此正周氏所谓有寄托入、无寄托出也。

宋祁（一首）

宋祁（998—1061），字子京，小字选郎。祖籍安州安陆（今湖北安陆），高祖父宋绅徙居开封府雍丘县，遂为雍丘（今河南商丘民权县）人。北宋官员、文学家、史学家、词人。宋祁与兄长宋庠并有文名，时称"二宋"。诗词语言工丽，因《玉楼春》词中有"红杏枝头春意闹"句，世称"红杏尚书"。天圣二年进士，初任复州军事推官，经皇帝召试，授直史馆。历官龙图阁学士、史馆修撰、知制诰。曾与欧阳修等合修《新唐书》，前后长达十余年。书成，进工部尚书，拜翰林学士承旨。去世后，谥"景文"。

木兰花·春景

东城渐觉风光好，縠皱波纹迎客棹①。绿杨烟外晓寒轻，红杏枝头春意闹②。　　浮生长恨欢娱少③，肯爱千金轻一笑④。为君持酒劝斜阳，且向花间留晚照。

① 縠皱：一作"皱縠"，意皱纹，用来比喻水的波纹。

② 闹：热闹；浓盛。

③ 浮生：飘浮不定的短暂人生。

④ "肯爱"句：怎肯爱惜金钱而轻视欢乐的生活。

评注

清·刘体仁《七颂堂词绎》：一"闹"字卓绝千古。

清·王士祯《花草蒙拾》："红杏枝头春意闹尚书"，当时传为美谈。吾友……极叹之，以为卓绝千古。然实本花间"暖觉杏梢红"，特有青蓝、冰水之妙耳。

欧阳修（1007 — 1072），字永叔，号醉翁、六一居士，吉州永丰（今江西吉安市永丰县）人，北宋政治家、文学家。因吉州原属庐陵郡，以"庐陵欧阳修"自居。官至翰林学士、枢密副使、参知政事，谥号"文忠"，世称"欧阳文忠公"。与韩愈、柳宗元、苏轼合称"千古文章四大家"，与韩愈、柳宗元、苏轼、苏洵、苏辙、王安石、曾巩合称"唐宋散文八大家"。欧阳修是宋代文学史上最早开创一代文风的文坛领袖，领导了北宋诗文革新运动，继承并发展了韩愈的古文理论。其散文创作的高度成就与其正确的古文理论相辅相成，开创了一代文风。欧阳修在变革文风的同时，也对诗风词风进行革新。

采桑子（群芳过后西湖好）

群芳过后西湖好①，狼籍残红。飞絮蒙蒙②，垂柳阑干尽日风。　　笙歌散尽游人去，始觉春空。垂下帘栊③，双燕归来细雨中。

① 西湖：颍州西湖，在今安徽阜阳西北，颍水和诸水汇流处，景色甚佳。

② "飞絮"句：柳絮乱飞，像下小雨似的。濛濛：微雨貌。

③ 帘栊：窗帘。栊，窗。

评注

清·先著、程洪《词洁辑评》："始觉春空"，语拙，宋人每以春字替人与事，用极不妥。

元·方回《瀛奎律髓》：此词工于雕琢，琢静境，静怡人心。

诉衷情·眉意

清晨帘幕卷轻霜，呵手试梅妆。都缘自有离恨，故画作远山长①。　　思往事，惜流芳②，易成伤。拟歌先敛③，欲笑还颦④，最断人肠。

① "故画"句：特意把眉画作长长的远山形。古人多用山水表示别离情绪。

② 流芳：一作"流光"。指流水年华。

③ 敛：敛容。显示庄重的样子。

④ 颦（pín）：皱眉。表示忧愁的样子。

清·金圣叹《金圣叹全集》：即有恨，亦何与画眉事？以画眉作使性事，真是儿女性格也。

清·陈廷焯《词则·闲情集》：纵画长眉，能解离恨否？笔妙，能于无理中传出痴女子心肠。

踏莎行（候馆梅残）

候馆梅残①，溪桥柳细。草薰风暖摇征辔。离愁渐远渐无穷，迢迢不断如春水。　　寸寸柔肠②，盈盈粉泪。楼高莫近危阑倚。平芜尽处是春山③，行人更在春山外。

① 候馆：迎宾候客之馆舍。《周礼·地官·遗人》："五十里有市，市有候馆。"

② "寸寸"句：柔肠寸断，形容愁苦到极点。

③ 盈盈：泪水充溢眼眶之状。粉泪：泪水流到脸上，与粉妆混在一起。

明·卓人月《古今词统》："芳草更在斜阳外""行人更在春山外"两句，不厌百回读。

蝶恋花（庭院深深深几许）

庭院深深深几许？杨柳堆烟，帘幕无重数。玉勒雕鞍游冶处①，楼高不见章台路②。　　雨横风狂三月暮③。门掩黄昏，无计留春住。泪眼问花花不语，乱红飞过秋千去④。

① 玉勒雕鞍：镶玉的马笼头和雕花的马鞍。指华贵的马车。游冶处：歌楼妓馆。

② 章台：汉代长安有章台街，是妓女居住的地方。后来，"章台"便成为妓院的代称。

③ 雨横：雨势很猛。

④ 乱红：凌乱的落花。

明·李廷机《新刻注释草堂诗余评林》：首句叠用三个"深"字最新奇。后段形容春暮光景殆尽。

宋·李清照《词序》：欧阳公作《蝶恋花》，有"庭院深深深几许"之句，余酷爱之，用其语作"庭院深深"数阕，其声即旧《临江仙》也。

蝶恋花（谁道闲情抛弃久）①

谁道闲情抛弃久？每到春来，惆怅还依旧。日日花前常病酒，不辞镜里朱颜瘦。　河畔青芜堤上柳②，为问新愁，何事年年有？独立小桥风满袖，平林新月人归后③。

① 此词作者也被认为是五代词人冯延巳。
② 青芜：丛生的青草。
③ 平林：天边平野一抹齐整的树林。

评注

近代·梁启超《饮冰室评词》：稼轩《摸鱼儿》起处从此脱出。文前有文，如黄河伏流，莫穷其源。

蝶恋花（几日行云何处去）①

几日行云何处去？忘了归来，不道春将暮②。百草千花寒食路，香车系在谁家树？　泪眼倚楼频独语，双燕来时，陌上相逢否③？撩乱春愁如柳絮，依依梦里无寻处。

① 《蝶恋花》原是唐教坊曲，后用作词牌，本名《鹊踏枝》。有说此词作者为冯延巳。
② 不道：不觉。
③ 陌：路。

评注

近代·王国维《人间词话》："终日驰车走，不见所问津"，诗人之忧世也，"百草千花寒食路，香车系在谁家树"似之。

木兰花（别后不知君远近）①

别后不知君远近，触目凄凉多少闷。渐行渐远渐无书，水阔鱼沉何处问②？　夜深风竹敲秋韵③，万叶千声皆是恨。故敧单枕梦中

① 一作《玉楼春》。
② 鱼沉：鱼不传书。这里指无音讯。
③ 秋韵：秋声；秋天的韵味。

寻④，梦又不成灯又烬⑤。

④ 攲：古通"倚"，斜靠着。单枕：孤枕。

⑤ 烬：灯芯烧尽成灰。

评注

唐圭璋《唐宋词简释》：此首写别恨，两句一意，次第显然。分别是一恨。无书是一恨。夜闻风竹，又搅起一番离恨。而梦中难寻，恨更深矣。层层深入，句句沉着。

临江仙（柳外轻雷池上雨）

柳外轻雷池上雨①，雨声滴碎荷声。小楼西角断虹明。阑干倚处②，待得月华生。　燕子飞来窥画栋，玉钩垂下帘旌③。凉波不动簟纹平④。水精双枕⑤，傍有堕钗横。

① 轻雷：雷声不大。

② 阑干：纵横交错的样子。

③ 玉钩：精美的帘钩。帘旌：帘端下垂用以装饰的布帛，此代指帘幕。

④ "凉波"句：竹子做的凉席平整如不动的波纹。簟（diàn）：竹席。

⑤ 水精：水晶。

评注

清·吴思岩《词林纪事》：钱文僖宴客后园，一官妓与永叔后至。诘之，妓云："中暑，往凉堂睡觉，失金钗，犹未见。"钱曰："乞得欧阳推官一词，当即赏汝。"永叔即席赋《临江仙》词云云。坐皆击节，命姬满酌送欧，而令公库赏钱。

浪淘沙（把酒祝东风）

把酒祝东风，且共从容①。垂杨紫陌洛城东②，总是当时携手处，游遍芳丛③。　聚散苦匆匆，此恨无穷。今年花胜去年红，可惜明年花更好，知与谁同？

① 从容：流连之意。

② 紫陌：有紫花的道路。洛城：洛阳城。当时为北宋西京。

③ 芳丛：花丛。

评注

清·黄氏《蓼园词评》：末二句，忧盛危明之意，持盈保泰之心，在天道则亏盈益谦之理，俱可悟得。大有理趣，却不庸腐。粹然儒者之言，令人玩味不尽。

浣溪沙（堤上游人逐画船）

堤上游人逐画船，拍堤春水四垂天①。绿杨楼外出秋千。　　白发戴花君莫笑，六幺催拍盏频传②。人生何处似尊前。

① 四垂天：天幕仿佛从四面垂下，此处写湖上水天一色的情形。

② 六幺：又名绿腰，唐时琵琶曲名。

评注

清·黄氏《蓼园词评》：按第一阕写世上儿女多少得意欢娱，第二阕写老成意趣自在众人喧嚣之外，末句写无限凄怆沉郁，妙在含蓄不尽。

青玉案（一年春事都来几）

一年春事都来几①，早过了、三之二②。绿暗红嫣浑可事③。绿杨庭院，暖风帘幕，有个人憔悴。　　买花载酒长安市④，又争似、家山见桃李⑤。不枉东风吹客泪⑥。相思难表，梦魂无据，惟有归来是⑦。

① 都来：算来。几：若干、多少。

② 三之二：三分之二。

③ 浑可事：都是愉快的事。

④ 长安：开封汴梁。

⑤ 争似：怎像。家山：家乡的山，这里指故乡。

⑥ 不枉：不要冤枉、不怪。

⑦ 是：正确。

评注

清·黄氏《蓼园词评》：此词不过有不得已心事，托而思归耳。"一年"二句，言年光已去也。"绿暗"四句，言时芳非不可玩，而自己心绪憔悴也。所以憔悴，以不见家山桃李，苦欲思归耳。大意如此。但永叔亦非迫子思归者，亦有所不得已者在耶。当于言外领之。

韩缜（一首）

韩缜（1019—1097），字玉汝，真定灵寿（今河北灵寿）人。北宋时期大臣，参知政事，韩亿第六子、司空韩绛之弟。庆历二年（1042年）中进士，起家合肥知县，除太常博士，监修《三班院编敕》，对北宋礼制有所补正。迁侍御史、度支判官，出任两浙、淮南、河北转运使，奉命出使西夏。韩绛执政，出任盐铁副使，知秦州，为政暴酷，坐罪贬官。迁还天章阁待制、知瀛州。熙宁七年（1074年），会同辽国萧禧定议代北边界，累迁知开封府、龙图阁直学士。元丰五年（1082年），担任太中大夫、同知枢密院事。宋哲宗即位，拜右仆射兼中书侍郎。后坐罪出知颍昌府，历任安武军和奉宁军节度使、西太一宫使，以太子太保致仕。去世后，获赠司空，谥号"庄敏"。

凤箫吟（锁离愁）

锁离愁，连绵无际，来时陌上初熏①。绣帏人念远，暗垂珠泪，泣送征轮。长亭长在眼，更重重、远水孤云。但望极楼高，尽日目断王孙。　　消魂。池塘别后，曾行处、绿妒轻裙。恁时携素手②，乱花飞絮里，缓步香茵③。朱颜空自改，向年年、芳意长新。遍绿野、嬉游醉眠，莫负青春。

① 熏：香。江淹《别赋》："闺中风暖，陌上草熏。"
② 恁时：那时。
③ 香茵：芳草地。

评注

清·沈雄《古今词话》：此《凤箫吟》咏芳草以留别，与《兰陵王·咏柳》以叙别同意。后人竟以芳草为调名，则失《凤箫吟》原唱意矣。

王安石（二首）

王安石（1021—1086），字介甫，号半山，临川（今江西抚州市临川区）人，北宋著名的思想家、政治家、文学家、改革家。历任扬州签判、鄞县知县、舒州通判等职，政绩显著。熙宁二年（1069年），任参知政事，次年拜相，主持变法。因守旧派反对，熙宁七年（1074年）罢相。一年后，宋神宗再次起用，旋又罢相，退居江宁。元祐元年（1086年），保守派得势，新法皆废，郁然病逝于钟山（今江苏南京），赠太傅。绍圣元年（1094年），获谥"文"，故世称"王文公"。

桂枝香（登临送目）

登临送目，正故国晚秋①，天气初肃。千里澄江似练，翠峰如簇。归帆去棹残阳里，背西风、酒旗斜矗。彩舟云淡，星河鹭起，画图难足。　念往昔、繁华竞逐。叹门外楼头，悲恨相续②。千古凭高，对此谩③嗟荣辱。六朝旧事随流水，但寒烟、衰草凝绿。至今商女，时时犹唱，后庭遗曲④。

① 故国：金陵，三国东吴、东晋、宋、齐、梁、陈六朝旧都，今江苏南京。

②"悲恨"句：南朝各个王朝的覆亡相继。

③ 谩：通"漫"，徒然。

④"至今"三句：典出杜牧的《夜泊秦淮》："商女不知亡国恨，隔江犹唱《后庭花》。"商女：歌女。

评注

宋·杨湜《古今词话》：金陵怀古，诸公寄词于《桂枝香》，凡三十余首，独介甫最为绝唱。东坡见之，不觉叹息曰："此老乃野狐精也。"

千秋岁引（别馆寒砧）

别馆寒砧①，孤城画角，一派秋声入寥廓②。东归燕从海上去，南来雁向沙头落。楚台风③，庾楼月④，宛如昨。　无奈被些名利缚，无奈被他情担阁⑤，可惜风流

① 寒砧（zhēn）：寒秋时的捣衣声。诗词中常用以形容寒秋景象的萧索冷落。砧，捣衣石。

② 寥廓：辽阔。这里指天空。

③ 楚台风：泛指清爽凉风。

总闲却。当初谩留华表语，而今误我秦楼约。梦阑时⑥，酒醒后，思量著⑦。

④ 庾（yǔ）楼月：此处泛指秋月。

⑤ 担阁：耽搁。

⑥ 阑：残尽。

⑦ 著：通"着"。

评注

清·先著、程洪《词洁辑评》："无奈"数语鄙俚，然首尾实是词家法门。阅北宋词须放一线道，往往北宋人一二语，又是南渡以后丹头，故不可轻弃也。

明·沈际飞《草堂诗余正集》：媚出于老，流动出于整齐，其笔墨自不可议。

王安国（一首）

王安国（1028—1074），字平甫，抚州临川（今江西抚州）人，王安石之弟。神宗熙宁元年（1068年），应茂才异等科入第，赐进士出身，拜西京国子教授、崇文院校书。熙宁七年（1074年），为大理寺丞、集贤校理。后被罢归田。其词仅存三首，风格婉丽蕴藉，有《王校理集》。

清平乐·春晚

留春不住，费尽莺儿语。满地残红宫锦污①，昨夜南园风雨②。小怜初上琵琶③，晓来思绕天涯。不肯画堂朱户，春风自在杨花。

① 宫锦：宫中特用的锦缎，这里喻指落花。

② 南园：泛指园圃。

③ 小怜：北齐后主高纬宠妃冯淑妃名。此处指弹琵琶的歌女。

评注

宋·周紫芝《竹坡诗话》：大梁罗叔共为余言："顷在建康士人家，见王荆公亲写小词一纸，其家藏之甚珍。其词云：'留春不住'云云。荆公平生不作是语，而有此，何也？"仪真沈彦述谓余言："荆公诗，如：'繁绿万枝红一点，动人春色不须多''春色恼人眠不得，月移花影上栏干'等篇，皆平父诗，非荆公诗也。"沈乃元龙家婿，故尝见之耳。叔共所见，未必非平甫词也。（"父"通"甫"。）

苏轼（十二首）

苏轼（1037—1101），字子瞻，一字和仲，号铁冠道人、东坡居士，世称"苏东坡""苏仙""坡仙"，眉州眉山（今四川眉山）人，北宋文学家、书法家、美食家、画家、历史治水名人。嘉祐二年（1057年），进士及第。宋神宗时，在凤翔、杭州、密州、徐州、湖州等地任职。元丰三年（1080年），因"乌台诗案"被贬为黄州团练副使。宋哲宗即位后，任翰林学士、侍读学士、礼部尚书等职，并出知杭州、颖州、扬州、定州等地。晚年，因新党执政被贬惠州、儋州。宋徽宗时获大赦北还，途中于常州病逝。宋高宗时追赠太师，宋孝宗时追谥"文忠"。北宋中期文坛领袖，在诗、词、散文、书、画等方面取得很高成就。诗题材广阔，清新豪健，善用夸张比喻，独具风格，与黄庭坚并称"苏黄"；词开豪放一派，与辛弃疾同是豪放派代表，并称"苏辛"；散文著述宏富，豪放自如，与欧阳修并称"欧苏"，为"唐宋八大家"之一。善书，"宋四家"之一。擅长文人画，尤擅墨竹、怪石、枯木等。李志敏评价："苏轼是全才式的艺术巨匠。"王士禛更将其与李白、曹植并称为汉魏以来，二千余年间的"三大仙才"。作品有《东坡七集》《东坡易传》《东坡乐府》《潇湘竹石图》《枯木怪石图》等。

水调歌头（明月几时有）

丙辰①中秋，欢饮达旦，大醉。作此篇，兼怀子由②。

明月几时有？把酒问青天。不知天上宫阙，今夕是何年。我欲乘风归去。惟恐琼楼玉宇，高处不胜寒。起舞弄清影，何似在人间。

转朱阁③，低绮户④，照无眠。不应有恨，何事长向别时圆⑤？人有悲欢离合，月有阴晴圆缺，此事古难全。但愿人长久，千里共婵娟⑥。

① 丙辰：宋神宗熙宁九年（1076年）。

② 子由：苏轼弟，名辙，字子由。

③ 转朱阁：照遍华美的楼阁。

④ 低绮户：低低地照进雕花的门窗里去。绮户，绣户。

⑤ "不应"两句：月亮该不是对人有恨吧，但又为什么老是趁着人们离别、孤独的时候才团圆呢？

⑥ 婵娟：美丽的月光。

评注

宋·陈元靓《岁时广记》：元丰七年，都下传唱此词。神宗问内侍外面新行小词，内侍录此进呈。读至"又恐琼楼玉宇，高处不胜寒"，上曰："苏轼终是爱君。"乃命量移汝州。

宋·胡仔《苕溪渔隐丛话》：中秋词，自东坡《水调歌头》一出，余词尽废。

清·黄氏《蓼园词评》：通首只是咏月耳。前阕，是见月思君，言天上宫阙，高不胜寒，但仿佛神魂归去，几不知身在人间也。次阕，言月何不照人欢洽，何似有恨偏于人离索之时而圆乎？复又自解，人有离合，月有圆缺，皆是常事。惟望长久，"共婵娟"耳。缠绵惋恻之思，愈转愈曲，愈曲愈深。忠爱之思，令人玩味不尽。

水龙吟·次韵① 章质夫杨花词

似花还似非花，也无人惜从教坠②。抛家傍路，思量却是，无情有思③。萦损柔肠④，困酣娇眼，欲开还闭。梦随风万里，寻郎去处，又还被，莺呼起。　　不恨此花飞尽，恨西园、落红难缀⑤。晓来雨过，遗踪何在？一池萍碎。春色三分，二分尘土，一分流水。细看来，不是杨花，点点是离人泪。

① 次韵：依照一首诗词原韵所和之诗词，称"次韵"。章质夫：章楶（jié），字质夫，与苏轼同官京师。杨花词：章质夫咏杨花的名作《水龙吟·杨花》。杨花，指柳絮。

② "似花"两句：古人把柳絮当作花，但又觉得不像花，故云。惜：爱惜。从教坠：任凭飘坠。

③ 有思：有情意。

④ 萦：缠绕。

⑤ 缀：连缀。

评注

清·郑文焯《大鹤山人词话》：煞拍画龙点睛，此亦词中一格。

宋·张炎《词源》：机锋相摩，起句便合让东坡出一头地，后片愈出愈奇，真是压倒今古。

念奴娇·赤壁怀古 ①

大江东去，浪淘尽，千古风流人物。故垒西边，人道是，三国周郎赤壁 ②。乱石穿空，惊涛拍岸，卷起千堆雪。江山如画，一时多少豪杰！　遥想公瑾当年 ③，小乔初嫁了 ④，雄姿英发。羽扇纶巾，谈笑间，强虏灰飞烟灭。故国神游，多情应笑我，早生华发。人生如梦，一尊还酹江月。

① 赤壁：赤壁遗址，众说不一。实际上，周瑜击败曹操大军的赤壁是在湖北蒲圻西北、长江南岸。

② 周郎：周瑜。

③ 公瑾：周瑜字公瑾。

④ 小乔：周瑜妻。

【评注】

清·陈廷焯《词则·大雅集》：大笔摩天，是东坡气概过人处。后人刻意模仿，鲜不失之叫嚣矣。

金·元好问《题闲闲书赤壁赋后》：夏口之战，古今喜称道之。东坡赤壁词，殆戏以周郎自况也。词才百许字，而江山人物无复余蕴，宜其为乐府绝唱。

永遇乐 (明月如霜)

彭城夜宿燕子楼，梦盼盼，因作此词。

明月如霜，好风如水，清景无限。曲港跳鱼，圆荷泻露，寂寞无人见。紞如三鼓 ①，铿然一叶 ②，黯黯梦云惊断 ③。夜茫茫，重寻无处，觉来小园行遍。　天涯倦客，山中归路，望断故园心眼 ④。燕子楼空，佳人何在，空锁楼中燕。古今如梦，何曾梦觉，但有旧欢新怨。异时对，黄楼夜景 ⑤，为余浩叹。

① 紞（dǎn）：象声词，击鼓声。

② 铿（kēng）然：清越的音响。

③ 黯黯：昏暗貌。梦云：夜梦神女朝云。云，喻盼盼。典出宋玉《高唐赋》楚王梦见神女："朝为行云，暮为行雨。"惊断：惊醒。

④ 心眼：心愿。

⑤ 黄楼：徐州东门上的大楼，苏轼任徐州知州时建造。

清·先著、程洪《词洁辑评》："野云孤飞，去来无迹"，石帚之词也。此词亦当不愧此品目。仅叹赏"燕子楼空"十三字者，犹属附会浅夫。

洞仙歌（冰肌玉骨）

余七岁时，见眉州老尼①，姓朱，忘其名，年九十岁。自言尝随其师入蜀主孟昶宫中。一日大热，蜀主与花蕊夫人夜纳凉摩诃池上，作一词，朱具能记之②。今四十年，朱已死久矣，人无知此词者，但记其首两句，暇日寻味，岂《洞仙歌令》乎？乃为足之云。

冰肌玉骨，自清凉无汗。水殿风来暗香满③。绣帘开，一点明月窥人，人未寝，攲枕钗横鬓乱④。

起来携素手，庭户无声，时见疏星渡河汉。试问夜如何？夜已三更，金波淡⑤，玉绳低转⑥。但屈指西风几时来，又不道流年暗中偷换⑦。

① 眉州：今在四川眉山境内。

② 具：通"俱"，全，都。

③ 水殿：建在摩诃池上的宫殿。

④ 攲：斜靠。

⑤ 金波：月光。

⑥ 玉绳：星名，位于北斗星附近。

⑦ 流年：流逝之岁月；年华。

清·郑文焯《大鹤山人词话》：坡老改添此词数字，诚觉气象万千，其声亦如空山鸣泉，琴筑竞奏。

卜算子·黄州定惠院寓居作

缺月挂疏桐，漏断人初静①。谁见幽人独往来②，缥缈孤鸿影。惊起却回头，有恨无人省③。拣尽寒枝不肯栖，寂寞沙洲冷。

① 漏断：夜深。夜深时，漏壶水少，不闻滴漏声，称"漏断"。

② 幽人：被谪幽居的人。这是词人自指。

③ 省（xǐng）：理解；了解。

评注

宋·黄庭坚《豫章黄先生文集》：东坡道人在黄州时作，语意高妙，似非吃烟火食人语。非胸中有万卷书，笔下无一点尘俗气，孰能至是。

青玉案·和贺方回韵送伯固归吴中故居 ①

三年枕上吴中路。遣黄犬②，随君去。若到松江呼小渡，莫惊鸳鹭，四桥尽是、老子经行处。

辋川图上看春暮③，常记高人右丞句。作个归期天已许，春衫犹是，小蛮针线④，曾湿西湖雨。

① 伯固：苏轼诗友苏坚，字伯固，随苏轼在杭州三年。

② 黄耳：狗名。

③ 辋川图：唐王维于蓝田清凉寺壁上曾画《辋川图》。

④ 小蛮：歌妓名。这里指苏轼的侍妾朝云。

评注

清·况周颐《蕙风词话》：《永遇乐·同李景安游西湖》……用坡公《青玉案》句"春衫犹是，小蛮针线，曾湿西湖雨"。而太素，语特伤心。其言外之意，虽形骸可土木，何有于小蛮针线之青衫。以坡公之"琼楼玉宇，高处不胜寒"比之，犹死别之与生离也。

临江仙（夜饮东坡醒复醉）

夜饮东坡醒复醉①，归来仿佛三更。家童鼻息已雷鸣，敲门都不应，倚杖听江声。　　长恨此身非我有②，何时忘却营营③？夜阑风静縠纹平④。小舟从此逝，江海寄余生。

① 东坡：在黄冈的东面，苏轼谪居黄州时，筑室于此，作为游息之所，因以为号。

② 身非我有：是道家对人生采取虚无主义的说法。这里也有不能掌握自身命运的意思。

评注

俞陛云《唐五代两宋词选释》：……写江上夜归情景，忽欲扁舟入海，此老胸次，时有绝尘霞举之思。

定风波 (莫听穿林打叶声)

三月七日，沙湖道中遇雨。雨具先去，同行皆狼狈，余独不觉。已而遂晴，故作此词。

莫听穿林打叶声，何妨吟啸且徐行。竹杖芒鞋轻胜马①，谁怕? 一蓑烟雨任平生②。 料峭春风吹酒醒③，微冷，山头斜照却相迎。回首向来萧瑟处④，归去，也无风雨也无晴。

① 芒鞋：草鞋。

② "一蓑(suō)"句：披着蓑衣在风雨里过一辈子也处之泰然。蓑，蓑衣，用棕制成的雨披。

③ 料峭：微寒的样子。

④ 萧瑟：风雨吹打树叶声。

评注

清·郑文焯《大鹤山人词话》：此足征是翁坦荡之怀，任天而动，琢句亦瘦逸，能道眼前景，以曲笔直写胸臆，倚声能事尽之矣。

江城子·乙卯正月二十日夜记梦①

十年生死两茫茫②，不思量，自难忘。千里孤坟③，无处话凄凉。纵使相逢应不识，尘满面、鬓如霜。 夜来幽梦忽还乡，小轩窗，正梳妆。相顾无言，惟有泪千行。料得年年肠断处，明月夜、短松冈。

① 乙卯：宋神宗熙宁八年(1075年)，苏轼时知密州(今山东诸城)。

② 十年：苏轼妻子王弗去世十年。

③ "千里"句：王氏去世后葬在四川，苏轼作此词时在密州任上，相隔遥远，故称"千里"。

评注

宋·陈师道《后山诗话》：苏子瞻词如诗，秦少游诗如词。

宋·李清照《词论》：至晏元献、欧阳永叔、苏子瞻，学际天人，作为小歌词，直如酌蠡水于大海，然皆句读不葺之诗尔，又往往不协音律者。

木兰花·次欧公西湖韵

霜余已失长淮阔①，空听潺潺清颍咽②。佳人犹唱醉翁词，四十三年如电抹。　　草头秋露流珠滑③，三五盈盈还二八④。与余同是识翁人，惟有西湖波底月⑤。

① 长淮：淮河。

② 清颍：颍水，淮河支流。

③ "草头"句：喻世事难久持。

④ "三五"句：十五圆月十六缺，喻美好时光短暂。

⑤ 西湖：安徽阜阳西三里的西湖。

评注

明·沈际飞《草堂诗余续集》：古崛。

宋·傅干《注坡词》：汝阴西湖胜绝名天下，盖自欧阳永叔始。往岁子瞻自禁林出守，赏咏尤多，而去欧阳公时已久，故其继和《木兰花》，有"四十三年如电抹"之句。二词俱奇峭雅丽，如出一人，此所以中间歌咏寂寥无闻也。

贺新郎（乳燕飞华屋）

乳燕飞华屋。悄无人、桐阴转午，晚凉新浴。手弄生绡白团扇①，扇手一时似玉。渐困倚、孤眠清熟②。帘外谁来推绣户？枉教人、梦断瑶台曲③。又却是，风敲竹。　　石榴半吐红巾蹙④。待浮花、浪蕊都尽⑤，伴君幽独⑥。秾艳一枝细看取，芳心千重似束。又恐被、西风惊绿。若待得君来向此，花前对酒不忍触。共粉泪，两簌簌⑦。

① 扇手：白团扇与素手。一时：一并；一齐。

② 清熟：安稳熟睡。

③ 枉：空；白。瑶台：美玉砌成的楼台，传说中的昆仑山仙境。曲：深曲之处。

④ 蹙（cù）：皱叠的样子。

⑤ 浮花、浪蕊：浮艳争春的花朵。

⑥ 幽独：幽辟孤独。

⑦ 两簌簌：落花与粉泪簌簌同落的样子。

评注

宋·胡仔《苕溪渔隐丛话》：苏子瞻守钱塘，有官妓秀兰，天性黠慧，善于应对。湖中有宴会，群妓毕至，惟秀兰不来，遣人督之，须臾方至。子瞻问其故，具以"发结沐浴，不觉困睡，忽有人叩门声急，起而问之，乃乐营将催督之，非敢怠忽，谨以实告"。子瞻亦恕之。坐中倅车属意于兰，见其晚来，恚恨未已。责之曰："必有他事，以此晚至。"秀兰力辨，不能止倅之怒。是时榴花盛开，秀兰以一枝藉手告倅，其怒愈甚。秀兰收泪无言。子瞻作《贺新凉》以解之，其怒始息。……苕溪渔隐曰：野哉杨湜之言，真可入笑林。东坡此词，冠绝古今，托意高远，宁为一倡而发邪？

清·黄氏《蓼园词评》：前一阕，是写所居之幽僻。次阕，又借榴花以比此心蕴结，未获达于朝廷，又恐其年已老也。末四句，是花是人，婉曲缠绵，耐人寻味不尽。

晏幾道（十八首）

晏幾道（1038—1110），字叔原，号小山，抚州临川文港沙河（今江西南昌市进贤县）人。晏殊第七子，北宋著名词人。历任颍昌府许田镇监、乾宁军通判、开封府判官等。性孤傲，中年家境中落。与其父晏殊合称"二晏"，词风似父而造诣过之。工于言情，其小令语言清丽，感情深挚，尤负盛名。多写爱情生活，是婉约派重要代表。有《小山词》留世。

临江仙（梦后楼台高锁）

梦后楼台高锁，酒醒帘幕低垂。去年春恨却来时，落花人独立，微雨燕双飞。　记得小蘋初见①，两重心字罗衣②。琵琶弦上说相思，当时明月在，曾照彩云归③。

① 小蘋：歌女名。

② "两重"句：绣有双重"心"字形图案的轻丝织成的衣服。

③ 彩云归：指情人离去。

评注

清·沈祥龙《论词随笔》：晏叔原之"落花人独立，微雨燕双飞"，晏元献之"无可奈何花落去，似曾相识燕归来"，非诗句也。然不工诗赋，亦不能为绝妙好词。

清·谭献《复堂词话》："落花"两句，名句。千古不能有二。末二句，正以见其柔厚。

宋·杨万里《诚斋诗话》：近世词人，闲情之靡，如伯有所赋……惟晏叔原云："落花人独立，微雨燕双飞。"可谓好色而不淫矣。

蝶恋花（梦入江南烟水路）

梦入江南烟水路，行尽江南，不与离人遇。睡里消魂无说处，觉来惆怅消魂误。　欲尽此情书尺素①，浮雁沉鱼，终了无凭据。却倚缓弦歌别绪，断肠移破秦筝柱②。

① 尺素：古人写书信用长一尺左右的素绢，故称书信为"尺素"。素，生绢。

② 秦筝：一种十三根弦的古乐器，相传为秦国蒙恬所制，故名。

明·卓人月《古今词统》：人必说梦中相会，何等陈腐。

蝶恋花（醉别西楼醒不记）

醉别西楼醒不记。春梦秋云，聚散真容易。斜月半窗还少睡，画屏闲展吴山翠①。　　衣上酒痕诗里字。点点行行，总是凄凉意。红烛自怜无好计，夜寒空替人垂泪。

① 闲展：冷落寂寞地张展。

评注

宋·黄庭坚《小山集序》：晏叔原，临淄公之暮子也。磊落权奇，疏于顾忌，文章翰墨，自立规模。

清·陈廷焯《大雅集》：一字一泪，一字一珠。

鹧鸪天（彩袖殷勤捧玉钟）

彩袖殷勤捧玉钟①，当年拼却醉颜红②。舞低杨柳楼心月，歌尽桃花扇底风。　　从别后，忆相逢，几回魂梦与君同。今宵剩把银釭③照，犹恐相逢是梦中。

① 彩袖：代指舞女。玉钟：借指美酒。

② 拼却：豁出去的意思。

③ 釭：烛台。

评注

清·刘体仁《七颂堂词绎》："夜阑更秉烛，相对如梦寐"，叔原云："今宵剩把银釭照，犹恐相逢是梦中。"此诗与词之分疆也。

鹧鸪天（醉拍春衫惜旧香）

醉拍春衫惜旧香①。天将离恨恼疏狂②。年年陌上生秋草，日日

① 旧香：过去欢乐生活遗留在衣衫上的香泽。

楼中到夕阳。　　云渺渺，水茫茫。征人归路许多长。相思本是无凭语^③，莫向花笺费泪行^④。

② 疏狂：狂放不羁。

③ 无凭语：没有根据的话。

④ 花笺：书信。

[评注]

宋·赵令畤《侯鲭录》：晁无咎言：晏叔原不蹈袭人语，而风调闲雅，自是一家。……惟愈浓情愈深，今昔之感，更觉凄然。

生查子（金鞭美少年）

金鞭美少年^①，去跃青骢马^②。牵系玉楼人^③，绣被春寒夜。消息未归来^④，寒食梨花谢。无处说相思，背面秋千下。

① 金鞭：用黄金做的马鞭。喻骑者之富贵。

② 青骢（cōng）马：青白色相杂的骏马。

③ 牵系：牵挂，挂念。玉楼人：闺中女子。

④ 消息：离人的音信。

[评注]

清·黄氏《蓼园词评》："去跃"二字，从妇人目中看出，深情挚语。末联"无处"二字，意致凄然，妙在含蓄。

宋·曾季貍《艇斋诗话》：晏叔原小词，"无处说相思，背面秋千下"，吕东莱极喜诵此词，以为有思致。然此语本李义山诗云："十五泣春风，背面秋千下。"

生查子（关山魂梦长）

关山魂梦长^①，塞雁音书少^②。两鬓可怜青，只为相思老。　　归傍碧纱窗^③，说与人人道^④。真个别离难，不似相逢好。

① 关山：泛指关隘和山川。

② 鱼雁：书信。

③ 归梦：归乡之梦。

④ 人人：对所亲近的人的昵称。

[评注]

清·陈廷焯《白雨斋词话》：李后主、晏叔原皆非词中正声，而其词则无人不爱，以其情胜也。情不深而为词，虽雅不韵，何足感人。

木兰花（东风又作无情计）[1]

东风又作无情计，艳粉娇红吹满地[2]。碧楼帘影不遮愁，还似去年今日意。　　谁知错管春残事，到处登临曾费泪。此时金盏直须深[3]，看尽落花能几醉。

[1] 又作《玉楼春》。

[2] 艳粉娇红：胭脂和铅粉，女子的化妆品，代指美人。此处借喻花朵。

[3] 金盏：酒杯的美称。直须：就要；就是要。宋时口语。

评注

唐圭璋《唐宋词简释》：此首伤春，文笔清劲。

近代·王国维《人间词话》：冯梦华《宋六十一家词选·序》谓："淮海、小山，古之伤心人也。其淡语皆有味，浅语皆有致。"余谓此唯淮海足以当之。小山矜贵有余，但可方架子野、方回，未足抗衡淮海也。

木兰花（秋千院落重帘暮）

秋千院落重帘暮，彩笔闲来题绣户。墙头丹杏雨余花[1]，门外绿杨风后絮。　　朝云信断知何处？应作襄王春梦去。紫骝认得旧游踪[2]，嘶过画桥东畔路。

[1] 丹杏：红杏。

[2] 紫骝(liú)：又名"枣骝"，古代骏马名。

评注

清·黄氏《蓼园词评》：前阕首二句，别后想其院宇深沉，门阑谨闭。接言墙内之人，如雨余之花。门外行踪，如风后之絮。次阕起二句，言此后杳无音信。末二句言重经其地，马尚有情，况于人乎。似为游冶思其旧好而言。然叔原尝言其先公不作妇人语，则叔原又岂肯为狭邪之事，或亦有所寄托言之也。

清平乐（留人不住）

留人不住，醉解兰舟去。一棹碧涛春水路[1]，过尽晓莺啼处。

渡头杨柳青青，枝枝叶叶离情。此后锦书休寄，画楼云雨无凭[2]。

[1] 棹：船桨，经常用作船的代称。

[2] 云雨：宋玉《高唐赋》序载，楚王游高唐，梦见神女相陪，临行说她是巫山神女，"旦为行云，暮为行雨"，后多喻指男女交合之欢。无凭：靠不住。

【评注】

清·周济《宋四家词选目录序》：结语殊怨，然不忍割。

清·陈廷焯《别调集》：怨语，然自是凄绝。

阮郎归（旧香残粉似当初）

旧香残粉似当初[1]，人情恨不如。一春犹有数行书，秋来书更疏[2]。　衾凤冷[3]，枕鸳孤[4]，愁肠待酒舒[5]。梦魂纵有也成虚，那堪和梦无[6]。

[1] 旧香残粉：旧日残剩的香粉。

[2] 疏：稀少。

[3] 衾凤：绣有凤凰图纹的彩被。

[4] 枕鸳：绣有鸳鸯图案的枕头。

[5] 舒：宽解；舒畅。

[6] 和：连。

【评注】

龙榆生《词曲概论》：他只凭自己一副硬骨头，写他的"狂篇醉句"（《小山词》自序），用来"析酲解愠"。他对人情的刻画，是入木三分的。例如《阮郎归》：旧香残粉似当初……

阮郎归（天边金掌露成霜）

天边金掌露成霜，云随雁字长。绿杯红袖趁重阳[1]，人情似故乡。　兰佩紫[2]，菊簪黄[3]，殷勤理旧狂[4]。欲将沉醉换悲凉，清歌莫断肠。

[1] 绿杯：美酒。红袖：美女。

[2] 兰佩：以秋兰为佩饰物。

[3] 菊簪（zān）：即"簪菊"。古人重阳插戴菊花之俗，谓之"簪菊"。

[4] 旧狂：昔日的疏狂。

清·况周颐《蕙风词话》："绿杯"二句，意已厚矣。"殷勤理旧狂"，五字三层意。"狂"者，所谓一肚皮不合时宜，发见于外者也；狂已旧矣，而理之；而殷勤理之，其狂若有甚不得已者。"欲将沉醉换悲凉"，是上句注脚。"清歌莫断肠"，仍含不尽之意。此词沉着厚重，得此结句，便觉竟体空灵。

六幺令（绿阴春尽）

绿阴春尽，飞絮绕香阁①。晚来翠眉宫样②，巧把远山学③。一寸狂心未说④，已向横波觉。画帘遮匝，新翻曲妙，暗许闲人带偷掐⑤。

前度书多隐语，意浅愁难答。昨夜诗有回文⑥，韵险还慵押。都待笙歌散了，记取来时霎。不消红蜡，闲云归后，月在庭花旧阑角。

① 香阁：女子闺阁。

② 翠眉：形容女子眉毛青翠。

③ 远山学：远山眉，又称远山黛，形容女子眉毛如远山清山。

④ 一寸狂心：女子狂乱激动的春心。

⑤ 偷掐：暗暗地依曲调记谱。

⑥ 回文：诗体的一种，顺读倒读都可成文。

评注

宋·黄庭坚《小山集序》：独嬉弄于乐府之余，而寓以诗人之句法，清壮顿挫，能功摇人心，士大夫传之，以为有临淄（晏殊）之风耳，罕能味其言也。

御街行（街南绿树春饶絮）

街南绿树春饶絮①，雪满游春路②。树头花艳杂娇云，树底人家朱户。北楼闲上③，疏帘高卷，直见街南树。　阑干倚尽犹慵去④，几度黄昏雨。晚春盘马踏青苔⑤，曾傍绿阴深驻。落花犹在，香屏空掩，人面知何处？

① 饶：充满；多。

② 雪：这里形容白色的柳絮。

③ 闲：高大的样子。

④ 慵去：懒得离去。

⑤ 盘马：骑马驰骋盘旋。

清·夏敬观《小山词跋尾》：叔原以贵人暮子，落拓一生，华屋山丘，身亲经历，哀丝豪竹，寓其微痛纤悲，宜其造诣又过于父。

虞美人（曲阑干外天如水）

曲阑干外天如水，昨夜还曾倚。初将明月比佳期，长向月圆时候、望人归。　　罗衣著破前香在①，旧意谁教改。一春离恨懒调弦，犹有两行闲泪、宝筝前②。

① 著：穿。
② 闲泪：闲愁之泪。

清·冯煦《宋六十一家词选·例言》：淮海、小山，真古之伤心人也。其淡语皆有味，浅语皆有致，求之两宋词人，实罕其匹。

留春令（画屏天畔）

画屏天畔，梦回依约①，十洲云水②。手捻红笺寄人书，写无限、伤春事。　　别浦高楼曾漫倚③，对江南千里。楼下分流水声中④，有当日、凭高泪。

① 依约：依稀，隐隐约约。
② 十洲：传说中神仙所居之地，在八方巨海之中。
③ 别浦：分别的水边。
④ 分流：以水的东西分流比喻人的离别。

清·郑文焯《评小山词》：晏小山《留春令》"楼下分流水声中，有当日、凭高泪"二语，亦袭冯延巳《三台令》"流水，流水，中有伤心双泪"。宋人所承如是，但乏质茂气耳。

思远人（红叶黄花秋意晚）

红叶黄花秋意晚①，千里念行客。飞云过尽，归鸿无信②，何处寄书得？　　泪弹不尽临窗滴，就砚旋研墨③。渐写到别来，此情深处，红笺为无色。

① 红叶：枫叶。枫叶秋来色红，故称。黄花：菊花。

② 信：无差误；有规律。

③ 就：移就；接近。

评注

宋·黄庭坚《小山集序》："……人百负之而不恨，己信人，终不疑其欺己，此又一痴也。"……虽若比，至其乐府，可谓狎邪之大雅，豪士之鼓吹。其合者"高唐""洛神"之流，其下者岂减《桃叶》《团扇》哉！

满庭芳（南苑吹花）

南苑吹花，西楼题叶，故园欢事重重。凭阑秋思，闲记旧相逢。几处歌云梦雨①，可怜便、流水西东。别来久，浅情未有，锦字系征鸿②。　　年光还少味③，开残槛菊，落尽溪桐。漫留得，尊前淡月凄风。此恨谁堪共说，清愁付、绿酒杯中④。佳期在，归时待把，香袖看啼红⑤。

① 歌云梦雨：旧时把男女欢情称作云雨情，歌云梦雨即对云雨情在歌中梦中重温之。

② 锦字：用锦织成的文字。

③ 年光：时光。

④ 绿酒：绿蚁。古时的酒新酿成未过滤时，面上浮着淡绿色的米渣，故称。

⑤ 啼红：红泪，即美人之泪。此处借喻相思之苦。

评注

清·陈廷焯《词则》：柔情蜜意。

宋·黄庭坚《小山集序》：仕官连蹇，而不能一傍贵人之门，是一痴也。

舒亶（一首）

舒亶（1042—1104），字信道，号懒堂，慈溪（今浙江余姚大隐）人。治平二年（1065 年）试礼部第一，授临海尉。神宗时，除神官院主簿，迁秦凤路提点刑狱，提举两浙常平。后任监察御史里行，与李定同劾苏轼，是为"乌台诗案"。进知杂御史、判司农寺，拜给事中，权直学士院，后为御史中丞。崇宁元年（1102 年）知南康军，荆湖北路都矜辖。蔡京以舒亶开边功，由直龙图阁进待制。去世后，赠龙图阁学士。今存赵万里辑《舒学士词》，存词 50 首。

虞美人（芙蓉落尽天涵水）

芙蓉落尽天涵水①，日暮沧波起。背飞双燕贴云寒②，独向小楼东畔、倚阑看。　　浮生只合尊前老，雪满长安道。故人早晚上高台，赠我江南春色、一枝梅。

① 芙蓉：有水木两种，此处指水芙蓉，即荷花。

② 背飞：背离而飞。比喻分离。

> **评注**
>
> 清·丁绍仪《听秋声馆词话》：《虞美人》云："背飞双燕贴云寒，独向小楼东畔、倚阑看。"纵不识字人，亦知是天生好语。人因其倾陷坡公，己亦不免被斥，恶其人，并陋其词。

黄庭坚（二首）

黄庭坚（1045—1105），字鲁直，号山谷道人，晚号涪翁，洪州分宁（今江西九江修水县）人。北宋著名文学家、书法家，江西诗派开山之祖。与杜甫、陈师道和陈与义素有"一祖三宗"之称。与张耒、晁补之、秦观都游学于苏轼门下，合称"苏门四学士"。生前与苏轼齐名，著《山谷词》。

鹧鸪天（黄菊枝头破晓寒）

座中有眉山隐客史应之和前韵，即席答之。

黄菊枝头破晓寒。人生莫放酒杯干①。风前横笛斜吹雨，醉里簪花倒著冠②。　　身健在，且加餐③。舞裙歌板尽清欢。黄花④白发相牵挽，付与时人冷眼看。

① 莫放：勿使，莫让。

② 倒著冠：倒戴着冠儿。此句暗用山简典故，表现不拘世俗。

③ 且加餐：《古诗十九首》："弃捐勿复道，努力加餐饭。"

④ 黄花：同黄华，指未成年人。

评注

清·黄氏《蓼园词评》：菊称其耐寒则有之，曰"破寒"，更写得菊精神出。曰"斜吹雨"，"倒着冠"，则有傲兀不平气在。末二句，尤有牢骚。然自清迥独出，骨力不凡。

定风波·次高左藏使君韵

万里黔中一漏天①，屋居终日似乘船。及至重阳天也霁，催醉，鬼门关外蜀江前②。　　莫笑老翁犹气岸，君看，几人黄菊上华颠③。戏马台南追两谢④，驰射，风流犹拍古人肩。

① 黔（qián）中：黔州（今四川彭水）。漏天：阴雨连绵。

② 鬼门关：石门关，今重庆奉节县东，两山相夹如蜀门户。

③ 华颠：白头。

④ 两谢：谢瞻和谢灵运。

评注

宋·王灼《碧鸡漫志》：晁无咎、黄鲁直皆学东坡，韵制得七八。黄晚年闲放于狭邪，故有少疏荡处。

晁端礼（一首）

晁端礼（1046—1113），一作元礼，字次膺，开德府清丰县（今属河南）人，北宋词人。因其父葬于济州任城（今山东济宁），遂为任城人。晁补之称他为十二叔，常与之唱和。

绿头鸭（晚云收）

晚云收，淡天一片琉璃。烂银盘、来从海底，皓色千里澄辉。莹无尘、素娥淡伫①，静可数、丹桂参差②。玉露初零③，金风未凛④，一年无似此佳时。露坐久、疏萤时度，乌鹊正南飞。瑶台冷⑤，阑干凭暖，欲下迟迟⑥。　　念佳人、音尘别后，对此应解相思。最关情、漏声正永，暗断肠、花影偷移。料得来宵，清光未减，阴晴天气又争知。共凝恋、如今别后⑦，还是隔年期。人强健，清尊素影，长愿相随。

① 素娥：即嫦娥，月中仙子。

② 丹桂：传说月中有桂树，高五百丈。

③ 玉露：秋露。零：雨露等降落掉下。

④ 金风：秋风。

⑤ 瑶台：美玉砌的楼台。泛指华丽的楼台。

⑥ 迟迟：眷恋貌。

⑦ 凝恋：深切思念。

评注

宋·胡仔《苕溪渔隐丛话·后集》：中秋词，自东坡《水调歌头》一出，余词尽废。然其后亦岂无佳词？如晁次膺《绿头鸭》一词，殊清婉。但樽俎间歌喉，以其篇长惮唱，故湮没无闻焉。

李之仪（二首）

李之仪（1048—1118），字端叔，自号姑溪居士、姑溪老农，滨州无棣（今属山东）人，北宋词人。哲宗元祐初，为枢密院编修官，通判原州。元祐末，从苏轼于定州幕府，朝夕倡酬。元符中，监内香药库。御史石豫参劾他曾为苏轼幕僚，不可任京官，被停职。徽宗崇宁初，提举河东常平。后因得罪权贵蔡京，除名编管太平州，后遇赦复官。著《姑溪词》《姑溪居士前集》《姑溪题跋》。

谢池春（残寒消尽）

残寒消尽，疏雨过、清明后。花径敛余红①，风沼萦新皱。乳燕穿庭户，飞絮沾襟袖。正佳时，仍晚昼。著人滋味②，真个浓如酒。

频移带眼③，空只恁、厌厌瘦④。不见又思量，见了还依旧。为问频相见，何似长相守。天不老，人未偶。且将此恨，分付庭前柳。

① 敛：缓；慢。

② 著：感受。

③ "频移"句：腰带老是移孔。形容日渐消瘦。

④ 恁：这样；如此。厌厌：通"恹恹"，精神不振的样子。

[评注]

清·纪昀等《四库全书总目》：其词亦工，小令尤清婉峭蒨，殆不减秦观。

清·冯煦《宋六十一家词选·例言》：姑溪词长调近柳，短调近秦，而均有未至。

卜算子（我住长江头）

我住长江头，君住长江尾。日日思君不见君，共饮长江水。
此水几时休，此恨何时已。只愿君心似我心，定不负相思意①。

① 定：此处为衬字。在词规定的字数外适当地增添一二不太关键的字词，以更好地表情达意，谓之衬字，亦称"添声"。

评注

　　明·毛晋《姑溪词跋》：中多次韵小令，更长于淡语、景语、情语。……至若"我住长江头，君住长江尾。日日思君不见君，共饮长江水"，真是古乐府俊语矣。

　　薛砺若《宋词通论》：李之仪的词，很隽美俏丽，另具一个独特的风调。他的《卜算子》，写得极质朴精美，宛如《子夜歌》与《古诗十九首》的真挚。

朱服（一首）

朱服（1048—?），字行中，湖州乌程（今浙江吴兴）人。熙宁六年（1073年）进士，累官国子司业、起居舍人。哲宗朝，历官中书舍人、礼部侍郎。徽宗时，任集贤殿修撰，后知广州，黜知泉州，再贬蕲州安置。《全宋词》存其词1首，格调凄苍。

渔家傲（小雨廉纤风细细）

小雨廉纤风细细①，万家杨柳青烟里。恋树湿花飞不起，愁无际，和春付与东流水。　　九十光阴能有几？金龟解尽留无计。寄语东阳沽酒市②，拼一醉③，而今乐事他年泪。

① 廉纤：细小；细微。多用以形容微雨。

② 东阳：今浙江金华。

③ 拼：豁出去；甘冒。

评注

清·况周颐《蕙风词话》：白石词："少年事情老来悲。"宋朱服句："而今乐事他年泪。"二语合参，可悟一意化两之法。

清·王奕清等《历代词话》：乌程朱行中，历官礼部侍郎，坐与苏轼游，贬海州团练副使。至东阳郡斋，作《渔家傲》以寄意云："（词略）。"读其词，想见其人，不愧为苏轼党也。

清·陈廷焯《白雨斋词话》：宋朱行中《渔家傲》："拼一醉，而今乐事他年泪。"贺方回《惜双双》云："回首笙歌地，醉更衣处长相记。"同一感慨，而朱病激烈，贺较深婉。

清·许昂霄《词综偶评》："愁无际"三字总承上三句，好。

秦观（九首）

秦观（1049—1100），字少游，一字太虚，号淮海居士，别号邗沟居士，高邮军武宁乡左厢里（今江苏高邮市三垛镇少游村）人，北宋婉约派词人。秦观少从苏轼游，以诗见赏于王安石。元丰八年（1085年）进士。元祐初，因苏轼荐，任太学博士，迁秘书省正字兼国史院编修官。绍圣元年（1094年），坐元祐党籍，出通判杭州。又被劾以"影附苏轼，增损《实录》"，贬监处州酒税。元符三年（1100年），复命为宣德郎，放还横州。秦观善诗赋策论，与黄庭坚、晁补之、张耒合称"苏门四学士"。尤工词，为北宋婉约派重要作家。所写诗词高古沉重，寄托身世，感人至深。著《淮海词》三卷100多首。

望海潮（梅英疏淡）

梅英疏淡①，冰澌溶泄②，东风暗换年华。金谷俊游，铜驼巷陌，新晴细履平沙。长记误随车。正絮翻蝶舞，芳思交加③。柳下桃蹊④，乱分春色到人家。　　西园夜饮鸣笳⑤，有华灯碍月，飞盖妨花⑥。兰苑未空⑦，行人渐老，重来是事堪嗟。烟暝酒旗斜⑧。但倚楼极目，时见栖鸦。无奈归心，暗随流水到天涯。

① 梅英：梅花。

② 冰澌（sī）：冰块流融。溶泄：溶解流泄。

③ 芳思：春天引起的情思。

④ 桃蹊：桃树下的小路。

⑤ 西园：金谷园。笳：胡笳，古代西北少数民族的一种管乐器。

⑥ 飞盖：飞驰车辆上的伞盖。

⑦ 兰苑：美丽的园林。亦指西园。

⑧ 烟暝：烟霭弥漫的黄昏。

【评注】

清·周济《宋四家词选》：两两相形，以整见劲，以两"到"（指"乱分春色到人家"与"暗随流水到天涯"）字作眼，点出"换"（指"东风暗换年华"）字精神。

八六子（倚危亭）

倚危亭①。恨如芳草，萋萋划尽还生。念柳外青骢别后②，水边红袂分时③，怆然暗惊。　无端天与娉婷④。夜月一帘幽梦，春风十里柔情。怎奈向、欢娱渐随流水，素弦声断，翠绡香减⑤，那堪片片飞花弄晚，濛濛残雨笼晴。正消凝⑥，黄鹂又啼数声⑦。

① 危亭：高耸的楼亭。

② 青骢：骏马。指行人。

③ 红袂：红袖。代指女子。

④ 无端：没来由；无缘无故。娉婷（pīngtíng）：姿容娇美的样子。

⑤ 翠绡：碧丝纱巾。

⑥ 消凝：销魂凝魄，伤神之意。

⑦ 黄鹂：黄莺。

评注

清·黄氏《蓼园词评》：寄托耶？怀人耶？词旨缠绵，音调凄婉如此。

明·沈际飞《草堂诗余正集》：长短句偏入四六，《何满子》之外，复见此。又：恨如划草还生，愁如春絮相接。言愁，愁不可断。言恨，恨不可已。

满庭芳（山抹微云）

山抹微云，天连衰草，画角声断谯门。暂停征棹①，聊共引离尊②。多少蓬莱旧事，空回首、烟霭纷纷。斜阳外，寒鸦万点，流水绕孤村。　消魂。当此际，香囊暗解③，罗带轻分④。谩赢得、青楼薄幸名存。此去何时见也？襟袖上、空惹啼痕。伤情处，高城望断，灯火已黄昏。

① 征棹：远行的船。棹，船的大桨。借代指船。

② 引离尊：端起离别时的酒杯。引，举起，端起。

③ "香囊"句：谓男女情连。

④ "罗带"句：古人结罗带以象征相爱，罗带轻分表示离别。

评注

清·周济《宋四家词选》：将身世之感，打并入艳情，又是一法。

宋·叶梦得《避暑录话》：秦少游亦善为乐府，语工而入律，知乐者谓之作家歌，元丰间盛行于淮楚。"寒鸦千万点，流水绕孤村"，本隋炀帝诗也，少游取以为《满庭芳》词；而首言"山抹微云，天连衰草"，尤为当时所传。

满庭芳（晓色云开）

晓色云开，春随人意，骤雨才过还晴。古台芳榭①，飞燕蹴红英②。舞困榆钱自落，秋千外、绿水桥平。东风里，朱门映柳，低按小秦筝③。　　多情，行乐处，珠钿翠盖④，玉辔红缨⑤。渐酒空金榼⑥，花困蓬瀛。豆蔻梢头旧恨，十年梦、屈指堪惊。凭阑久，疏烟淡日，寂寞下芜城⑦。

① 芳榭：华丽的水边楼台。

② 蹴（cù）：踢；蹬踏。

③ 秦筝：似瑟的弦乐器。相传为秦时蒙恬所造，故称。

④ "珠钿"句：以珠宝镶嵌的车身，以翠羽装饰的车篷盖。此处泛指华贵的车子。

⑤ "玉辔"句：用玉装饰的马笼头，上系红缨结。泛指华丽的骏马。

⑥ 金榼（kē）：金制的饮酒器。

⑦ 芜城：扬州城。

评注

俞陛云《唐五代两宋词选释》：前写景，后言情，流利轻圆，是其制胜处。

减字木兰花（天涯旧恨）

天涯旧恨，独自凄凉人不问。欲见回肠，断尽金炉小篆香①。　　黛蛾长敛②，任是春风吹不展。困倚危楼，过尽飞鸿字字愁。

① 篆（zhuàn）香：比喻盘香和缭绕的香烟。

② 黛蛾：眉毛。

评注

宋·张炎《词源》：体制淡雅，气骨不衰，清丽中不断意脉。

俞陛云《唐五代两宋词选释》："回肠"二句及"黛蛾"二句，寻常之意，以曲折之笔写出，便生新致。结句含蕴有情。

踏莎行·郴州旅舍

雾失楼台①，月迷津渡，桃源望断无寻处。可堪孤馆闭春寒②，杜鹃声里斜阳暮。　　驿寄梅花，鱼传尺素，砌成此恨无重数③。郴江幸自绕郴山，为谁流下潇湘去④。

① "雾失"句：暮霭沉沉，楼台消失在浓雾中。

② 可堪：怎堪，哪堪，受不住。

③ 砌：堆积。无重数：数不尽。

④ 潇湘，潇水和湘水。

评注

清·黄氏《蓼园词评》：少游坐党籍，安置郴州。首一阕是写在郴，望想玉堂天上，如桃源不可寻。而自己意绪无聊也。次阕言书难达意，自己同郴水之自绕郴山，不能下潇湘以向北流也。语意凄切，亦自蕴藉，玩味不尽。

浣溪沙（漠漠轻寒上小楼）

漠漠轻寒上小楼①，晓阴无赖似穷秋②。淡烟流水画屏幽。自在飞花轻似梦，无边丝雨细如愁。宝帘闲挂小银钩。

① 漠漠：朦胧弥漫的样子。

② 无赖：无心思；无意趣。

评注

清·陈廷焯《词则·大雅集》：宛转幽怨，温、韦嫡派。

俞陛云《唐五代两宋词选释》：清婉而有余韵，是其擅长处。此调凡五首，此首最胜。

明·卓人月《古今词统》："自在"二语，夺南唐席。

阮郎归（湘天风雨破寒初）

湘天风雨破寒初①，深沉庭院虚。丽谯吹罢小单于②，迢迢清夜徂。　　乡梦断，旅魂孤。峥嵘岁

① 湘天：湘江流域一带。

② 丽谯(qiáo)：城门更楼。小单于：曲调名，声音呜咽悲凉，军中号角常奏此曲。

又除。衡阳犹有雁传书，郴阳和
雁无。

评注

清·许宝善《自怡轩词选》：调本凄怨，词更深婉，宜东坡之三叹
不置也。

明·沈际飞《草堂诗余正集》：伤心。

清·冯煦《蒿庵类稿·论词绝句（选一）》：楚天凉雨破寒初，我亦
迢迢清夜程。凄绝柳州秦学士，衡阳犹有雁传书。

鹧鸪天（枝上流莺和泪闻）

枝上流莺和泪闻[1]，新啼痕间旧啼痕。一春鱼鸟无消息，千里关山劳梦魂。　　无一语，对芳尊。安排肠断到黄昏[2]。甫能炙得灯儿了[3]，雨打梨花深闭门。

[1] 流莺：指莺。流，谓其鸣声婉转。
[2] 安排：听任自然的变化。
[3] 甫能：宋时方言，犹今语刚才。

评注

明·茅暎《词的》："梨花"句与《忆王孙》同。才如少游，岂亦自
袭耶？抑爱而不觉其重耶？

明·李攀龙《草堂诗余隽》：（眉批）新痕间旧痕，一字一血。结两
句有言外无限深意。（评语）形容闺中愁怨，如少妇自吐肝胆语。

李甲
（一首）

李甲，生卒年不详，字景元，居华亭乡（今上海松江），自号华亭逸人。元符年间（1098—1100年）曾任武康县令。善填词，工小令，有闻于时。词存9首，见《乐府雅词》。

帝台春（芳草碧色）

芳草碧色，萋萋遍南陌。暖絮乱红，也知人、春愁无力。忆得盈盈拾翠侣[1]，共携赏、凤城寒食[2]。到今来，海角逢春，天涯为客。

愁旋释，还似织。泪暗拭，又偷滴。谩伫立，倚遍危阑，尽黄昏，也只是、暮云凝碧。拼则而今已拼了，忘则怎生便忘得。又还问鳞鸿[3]，试重寻消息。

① 盈盈拾翠侣：体态丰盈、步履轻盈的踏青拾翠的伴侣。

② 凤城：这里指京城。

③ 鳞鸿：鱼雁。相传鱼雁可以传书。

评注

明·沈际飞《草堂诗余正集》：黄昏碧云，已不堪矣，何况下个"尽"字"只"字。

俞陛云《五代词选释》：论情致则宛若游丝，论笔力则劲如屈铁。

清·陈廷焯《词则·放歌集》：信笔抒写，却仍郁而不露，耐人玩索。

时彦 （一首）

时彦（？—1107），字邦彦，河南开封人。北宋时期大臣。宋神宗元丰二年（1079年），考中状元，授颍州判官，历任秘书正字、集贤校理、左司员外郎。出使辽国失败，坐罪罢免。起为集贤院校理、提点河东刑狱。徽宗即位，授吏部员外郎，历任起居舍人、太常少卿、龙图阁直学士、河东转运使、集贤殿修撰、吏户二部侍郎、开封府尹。强化治安，颇有政绩，累迁工吏二部尚书。工于诗词，《全宋词》中存词仅1首。

青门饮（胡马嘶风）

胡马嘶风，汉旗翻雪，彤云又吐①，一竿残照。古木连空，乱山无数，行尽暮沙衰草。星斗横幽馆，夜无眠、灯花空老。雾浓香鸭，冰凝泪烛，霜天难晓。　　长记小妆才了②，一杯未尽，离怀多少。醉里秋波，梦中朝雨，都是醒时烦恼。料有牵情处，忍思量、耳边曾道。甚时跃马归来，认得迎门轻笑。

① 彤（tóng）云：阴云。多指大雪前的乌云。
② 小妆：素妆淡抹的意思。了：尽。

评注

唐圭璋《宋词鉴赏辞典》：这首伤离的怀人之作不以"黯然销魂者，唯别而已矣"的低调结束，而是以充满着期待和喜悦的心情总收全篇……这首词不见宋人传本，惟见明人《花草粹编》卷十一，殊属可贵。

贺铸（十二首）

贺铸（1052—1125），字方回，又名贺三愁，人称"贺梅子"，卫州（今河南卫辉）人。北宋词人，出身贵族，宋太祖贺皇后族孙，所娶亦宗室之女。自称远祖本居山阴，是贺知章后裔，以知章居庆湖（即镜湖），故自号庆湖遗老。贺铸长身耸目，面色铁青，人称"贺鬼头"。曾任右班殿直，元祐中曾任泗州、太平州通判。晚年退居苏州，杜门校书。不附权贵，喜论天下事。能诗文，尤长于词。其词内容、风格丰富多样，兼有豪放、婉约二派之长，善于锤炼语言并融化前人成句。用韵特严，富有节奏感和音乐美。部分描绘春花秋月之作，意境高旷，语言清丽哀婉，近秦观、晏幾道。其爱国忧时之作，悲壮激昂，又近苏轼。南宋爱国词人辛弃疾等对其词均有续作，足见其影响。

更漏子（上东门）

上东门①，门外柳，赠别每烦纤手②。一叶落，几番秋③，江南独倚楼。　　曲阑干，凝伫久，薄暮更堪搔首④。无际恨，见闲愁，侵寻天尽头⑤。

① 东门：洛阳东门。

② 纤手：女子纤柔的手。

③ "一叶"两句：《淮南子·说山》有"见一叶落而知岁之将暮"。

④ 搔首：挠头。指有所思。

⑤ 侵寻：渐渐扩展到。

评注

宋·张炎《词源》：词中一个生硬字用不得，须是深加煅炼，字字敲打得响，歌诵妥溜，方为本色语。如贺方回、吴梦窗，皆善于炼字面，多于温庭筠、李长吉诗中来。

青玉案（凌波不过横塘路）

凌波不过横塘路，但目送、芳尘去①。锦瑟华年谁与度？月桥花院，琐窗朱户②，只有春知处。
飞云冉冉蘅皋暮③，彩笔新题断肠

① 凌波：形容女子步履轻盈。横塘：地名，在苏州城外。

② 琐窗：雕花的窗子。

③ 蘅皋：长满香草的水边高地。

句。试问闲情都几许？一川烟草④，满城风絮，梅子黄时雨。

④ 一川：满地。

评注

清·先著、程洪《词洁辑评》：方回《青玉案》词工妙之至，无迹可寻，语句思路亦在目前，而千人万人不能凑拍。

清·刘熙载《艺概》：其末句好处，全在"试问"句呼起，及与上"一川"二句并用耳。或以方回有"贺梅子"之称，专赏此句，误矣。

清·黄氏《蓼园词评》：无非写其景之郁勃岑寂也。

感皇恩（兰芷满汀洲）

兰芷满汀洲①，游丝横路②。罗袜尘生步，迎顾。整鬟颦黛③，脉脉两情难语。细风吹柳絮，人南渡。　　回首旧游④，山无重数。花底深朱户⑤，何处？半黄梅子，向晚一帘疏雨⑥。断魂分付与，春将去。

① 兰芷：香兰、白芷，均为香草。汀洲：长满香草的水中陆地。

② 游丝：荡漾于空中的昆虫所吐的丝缕。

③ "整鬟"句：略整秀发，微皱双眉。

④ 旧游：过去游玩处。

⑤ 朱户：红色房子，喻富贵人家。

⑥ 向晚：傍晚时分。

评注

俞陛云《唐五代两宋词选释》：此调与前首皆录别之作。前首……下阕在万重山外寄思，由"花底"而"朱户"而梅雨帘栊，离心层递而远。心凭谁寄，只可托付春风。惟名手能曲曲写出。

薄幸（淡妆多态）

淡妆多态，更的的①、频回眄睐②。便认得琴心先许③，欲绾合欢双带④。记画堂、风月逢迎、轻颦浅笑娇无奈。向睡鸭炉边，翔鸳屏里，羞把香罗暗解。　　自过了、烧灯后⑤，都不见踏青挑菜⑥。

① 的的：频频、连连。

② 眄睐（miǎnlài）：斜望。《古诗十九首》之十六："眄睐以适意，引领遥相睎。"

③ 琴心：以琴声达意。

④ "欲绾（wǎn）"句：意谓结同心之好。

几回凭双燕，丁宁深意⑦，往来却恨重帘碍。约何时再，正春浓酒困，人闲昼永无聊赖。厌厌睡起，犹有花梢日在。

⑤ 烧灯：元宵节。

⑥ 踏青挑菜：指踏青节、挑菜节，是古代的两个民间节日。

⑦ 丁宁：叮嘱，嘱托。

评注

俞陛云《唐五代两宋词选释》：上阕追叙前欢，下阕言紫燕西来，已寄书多阻，姑借酒以消磨永昼。乃酒消睡醒，仍日未西沉，清昼悠悠，遣愁无计，极写其无聊之思。原题云"忆故人"，知其眷恋之深。调用《薄幸》，殆其自谓耶？

浣溪沙（不信芳春厌老人）

不信芳春厌老人，老人几度送余春？惜春行乐莫辞频。　　巧笑艳歌皆我意，恼花颠酒拼君瞋①。物情惟有醉中真。

① 瞋：通"嗔"，生气。

评注

清·陈廷焯《白雨斋词话》：方回词，胸中眼中，另有一种伤心说不出处，全得力于楚骚，而运以变化，允推神品。

清·夏敬观《手批东山词》：意新。

浣溪沙（楼角初消一缕霞）

楼角初消一缕霞。淡黄杨柳暗栖鸦。玉人和月摘梅花。　　笑捻粉香归洞户①，更垂帘幕护窗纱。东风寒似夜来些②。

① 洞户：深邃的内室。此处指闺房。

② 些：语尾助词。

评注

宋·胡仔《苕溪渔隐丛话》：词句欲全篇皆妙，极为难得。如贺方回"淡黄杨柳暗栖鸦"之句，写景可谓造微入妙；若其全篇，则不逮矣。

明·杨慎《词品》：此词句句绮丽，字字清新，当时赏之，以为《花间》《兰畹》不及。信然。

石州慢（薄雨收寒）

薄雨收寒，斜照弄晴，春意空阔。长亭柳色才黄，倚马何人先折？烟横水漫，映带几点归鸿，平沙消尽龙荒雪①。犹记出关来，恰如今时节。　　将发，画楼芳酒，红泪清歌②，便成轻别。回首经年，杳杳音尘都绝。欲知方寸，共有几许新愁？芭蕉不展丁香结③。憔悴一天涯④，两厌厌风月⑤。

① 平沙：初春还未生草的沙地。龙荒：塞外的通称，亦称"龙沙"。

② 红泪：女子的眼泪。

③ 芭蕉不展：比喻愁眉不展。丁香结：丁香丛生。比喻愁结不解。

④ 一天涯：天各一方。言相距遥远。

⑤ 厌厌：通"恹恹"，愁苦的样子。风月：景色。

评注

清·陈廷焯《白雨斋词话》：赠妓之作，原不嫌艳冶，然择言以雅为贵，亦须慎之。……而余所爱者，则……贺方回之"芭蕉不展丁香结，枉望断天涯，两厌厌风月"，……极其雅丽，极其凄秀。

蝶恋花（几许伤春春复暮）

几许伤春春复暮。杨柳清阴，偏碍游丝度。天际小山桃叶步①，白蘋花满湔裙处②。　　竟日微吟长短句。帘影灯昏，心寄胡琴语。数点雨声风约住，朦胧淡月云来去。

① 桃叶步：桃叶渡。传说王献之曾在桃叶渡迎娶桃叶。

② 湔（jiān）：洗。

评注

清·周济《宋四家词选》：融景入情无秾丽。

清·陈廷焯《白雨斋词话》：方回笔墨之妙，真乃一片化工。

天门谣（牛渚天门险）

牛渚天门险①。限南北、七雄豪占。清雾敛，与闲人登览。待月上潮平波滟滟，塞管轻吹新阿滥。风满槛②，历历数、西州更点③。

① 牛渚（zhǔ）：山名。

② 槛（jiàn）：槛栏，指亭子的栏杆的木头。

③ 历历：分明可数。西州：此处代指金陵。更点：报更的鼓点。

评注

清·李调元《雨村词话》：贺方回铸登采石峨眉亭《天门谣》云："牛渚天门险。限南北……塞管轻吹新阿滥。"阿滥即鸒滥也。《隋唐嘉话》："明皇御玉笛将其声翻为新曲，名鸒滥堆。"张祜诗云："至今风俗骊山下，材笛犹吹鸒滥堆。"今讹为"阿滥"。

天香（烟络横林）

烟络横林，山沉远照①，迤逦黄昏钟鼓。烛映帘栊②，蛩催机杼，共苦清秋风露。不眠思妇，齐应和、几声砧杵。惊动天涯倦宦③，骎骎岁华行暮④。　　当年酒狂自负，谓东君、以春相付⑤。流浪征骖北道⑥，客樯南浦，幽恨无人晤语。赖明月、曾知旧游处。好伴云来，还将梦去。

① 远照：落日余辉。

② 帘栊：窗帘与窗牖。

③ 天涯倦宦：倦于在异乡做官或求仕。

④ 骎（qīn）骎：马疾奔貌，形容时光飞逝。

⑤ 东君：司春之神。

⑥ 征骖（cān）：远行的马。

评注

清·朱祖谋《手批东山乐府》：横空盘硬语。

清·陈廷焯《云韶集》：方回词，儿女、英雄兼而有之。

望湘人（厌莺声到枕）

厌莺声到枕，花气动帘，醉魂愁梦相半。被惜余薰，带惊剩眼，几许伤春春晚。泪竹痕鲜①，佩兰香老，湘天浓暖。记小江、风月佳时，屡约非烟游伴②。　　须信鸾弦易断③，奈云和再鼓④，曲中人远。认罗袜无踪，旧处弄波清浅。青翰棹舣⑤，白蘋洲畔，尽目临皋飞观。不解寄、一字相思，幸有归来双燕。

① 泪竹：相传舜帝死后，其妃娥皇、女英洒泪于竹，泪染楚竹而成斑痕，故斑竹又称泪竹。

② 非烟：步非烟，唐武公业之妾。

③ 鸾弦：比喻男女之情。

④ 云和：琴瑟等乐器的代称。

⑤ 青翰：船名。刻鸟于船，涂以青色，故名。棹舣（yǐ）：整船靠岸。

评注

俞陛云《唐五代两宋词选释》：题意重在起笔之"厌"字，"莺声""花气"，正娱赏之时，而转"厌"其搅人"愁梦"，乃极写"伤春"之情绪。"泪竹"三句笔势展布，且凄艳动人。上阕既云"兰""竹""湘天"，后又云"罗袜"凌波，则所思者当在水一方，想象于湘云楚雨间也。

绿头鸭（玉人家）

玉人家，画楼珠箔临津①。托微风、彩箫流怨，断肠马上曾闻。宴堂开，艳妆丛里，调琴思、认歌颦。麝蜡烟浓，玉莲漏短，更衣不待酒初醺。绣屏掩、枕鸳相就，香气渐暾暾②。回廊影、疏钟淡月，几许消魂？　　翠钗分，银笺封泪、舞鞋从此生尘。住兰舟、载将离恨，转南浦、背西曛③。记取明年，蔷薇谢后，佳期应未误行云。

① 珠箔（bó）：珠帘。

② 暾（tūn）暾：形容香气很浓。

③ 西曛：落日余晖。

凤城④远、楚梅香嫩，先寄一枝 | ④ 凤城：京城。
春。青门⑤外，只凭芳草，寻访 | ⑤ 青门：京城城门。
郎君。

评注

　　清·陈廷焯《词坛丛话》：贺方回之韵致，周美成之法度，姜白石之清虚，朱竹垞之气骨，陈其年之博大，皆词坛中不可无一，不可有二之者。

　　清·周济《宋四家词选目录序论》：耆卿熔情入景，故淡远；方回熔景入情，故秾丽。

晁补之
（四首）

晁补之（1053—1110），字无咎，号归来子，济州钜野（今山东巨野）人。北宋时期著名文学家，"苏门四学士"之一，曾任吏部员外郎、礼部郎中。工书画，能诗词，善属文。与张耒并称"晁张"。其散文语言凝练、流畅，风格近柳宗元。诗学陶渊明，其词格调豪爽，语言清秀晓畅，近苏轼。但其诗词流露出浓厚的消极归隐思想。著《鸡肋集》《晁氏琴趣外篇》。

水龙吟·次韵林圣予惜春

问春何苦匆匆，带风伴雨如驰骤。幽葩细萼①，小园低槛，壅培未就②。吹尽繁红，占春长久，不如垂柳。算春常不老，人愁春老，愁只是、人间有。　　春恨十常八九，忍轻孤、芳醪经口③。那知自是，桃花结子，不因春瘦。世上功名，老来风味④，春归时候。最多情犹有，尊前青眼，相逢依旧。

① 葩（pā）：花。

② 壅（yōng）：用土肥堆积护住植物根部。

③ 孤：通"辜"，辜负。芳醪（láo）：美酒。

④ 风味：风度；风采。

评注

清·冯煦《六十一家词选·例言》：晁无咎为苏门四学士之一，所为诗余，无子瞻之高华，而沉咽则过之。

盐角儿·亳社观梅

开时似雪，谢时似雪，花中奇绝①。香非在蕊，香非在萼，骨中香彻。　　占溪风，留溪月，堪羞损、山桃如血②。直饶更、疏疏淡淡③，终有一般情别④。

① "花中"句：花中奇物而绝无仅有。

② 损：煞。

③ "直饶更"句：即使枝叶花朵再疏淡。

④ "终有"句：终究另有一种情致。

清·陈廷焯《白雨斋词话》：词贵浑涵，刻挚不能浑涵，终属下乘。晁无咎咏梅云："开时似雪。谢时似雪。花中奇绝。香非在蕊，香非在萼，骨中香彻。"费尽气力，终是不好看。宋末萧泰来《霜天晓角》一阕，亦犯此病。

忆少年·别历下

无穷官柳①，无情画舸②，无根行客。南山尚相送③，只高城人隔。　鬶画园林溪绀碧④，算重来、尽成陈迹。刘郎鬓如此，况桃花颜色。

① 官柳：大道两旁的柳树。

② 画舸(gě)：画船，指首尾彩画的大船。

③ 南山：历山，在历城县南。

④ 鬶(yǎn)画：色彩杂染的图画。

清·先著、程洪《词洁辑评》："花无人戴，酒无人劝，醉也无人管"，与此词起处同一警绝。唐以后，特地有词，正以有如许妙语，诗家收拾不尽耳。

洞仙歌·泗州中秋作①

青烟幂处②，碧海飞金镜。永夜闲阶卧桂影③。露凉时、零乱多少寒蛩④，神京远⑤，惟有蓝桥路近。　水晶帘不下，云母屏开，冷浸佳人淡脂粉。待都将许多明，付与金尊，投晓共、流霞倾尽⑥。更携取胡床、上南楼，看玉做人间，素秋千顷。

① 泗州：宋时属淮南东路，今安徽省泗县。

② 幂：烟雾弥漫貌。

③ 永夜：长夜。闲：空。

④ 寒蛩(jiāng)：秋蝉。

⑤ 神京：京都汴京。

⑥ 投：到。流霞：仙酒。兼指朝霞。

明·李攀龙《草堂诗余隽》：此词前后照应，如织锦然，真天孙手也。

清·黄氏《蓼园词评》：前阕从无月看到有月，次阕从有月看到月满人间，层次井井，而词致奇杰，各段俱有新警语，自觉冰魂月魄，气象万千，兴乃不浅。

明·毛晋《晁氏琴趣外篇·跋》：无咎虽游戏小词，不作绮艳语，殆因法秀禅师谆谆戒山谷老人，不敢以笔墨劝淫耶？大观四年卒于泗州官舍。自画山水留春堂大屏上，题云："胸中正可吞云梦，盏底何妨对圣贤？有意清秋入衡霍，为君无尽写江天。"又咏《洞仙歌》一阕，遂绝笔。

张耒（一首）

张耒（1054—1114），字文潜，号柯山，亳州谯县（今安徽亳州）人。人称"宛丘先生""张右史"，北宋时期大臣、文学家。宋神宗熙宁年间考中进士，历任临淮主簿、著作郎、史馆检讨。哲宗绍圣初年，以直龙阁学士知润州。宋徽宗初，召为太常少卿，成为"苏门四学士（秦观、黄庭坚、张耒、晁补之）"中辞世最晚而受唐音影响最深的作家。被列为元祐党人，数遭贬谪。其词流传很少，语言香浓婉约，风格与柳永、秦观相近。代表作有《少年游》《风流子》等，著有《柯山集》《宛邱集》。

风流子（木叶亭皋下）

木叶亭皋下①，重阳近，又是捣衣秋。奈愁入庾肠②，老侵潘鬓③，谩簪黄菊④，花也应羞。楚天晚，白蘋烟尽处，红蓼水边头⑤。芳草有情，夕阳无语，雁横南浦⑥，人倚西楼。　　玉容知安否，香笺共锦字，两处悠悠。空恨碧云离合，青鸟沉浮。向风前懊恼，芳心一点，寸眉两叶，禁甚闲愁。情到不堪言处，分付东流。

① 木叶：树叶。《楚辞·九歌·湘夫人》："袅袅兮秋风，洞庭波兮木叶下。"后世常以此写秋景，兼写乡思。亭皋：水边平地。

② 庾肠：庾信的愁肠，喻思乡的愁肠。

③ 潘鬓：潘岳的斑鬓。这里词人以"潘鬓"自喻身心渐衰之貌。

④ "谩簪"两句：漫不经心地簪菊花，花也应感到羞。这是反衬乡愁之意。

⑤ 红蓼：生于水中者名泽蓼或水蓼，开浅红色小花，叶味辛香。

⑥ 南浦：指分别的地方。南朝梁江淹《别赋》："送君南浦，伤如之何。"

评注

清·黄氏《蓼园词评》：曰"楚天晚"，必其临监南岳时作也。所云"玉容知安否"，忧主之心也。曰"分付东流"，愁岂随流而去乎？亦与流俱长而已。

周邦彦（二十三首）

周邦彦（1056—1121），字美成，号清真居士，钱塘（今浙江杭州）人。北宋著名词人，官历太学正、庐州教授、知溧水县等。少年时期个性疏散，但喜欢读书。宋神宗时，写《汴都赋》赞扬新法。徽宗时，为徽猷阁待制，提举大晟府。精通音律，曾创作不少新词调。作品多写闺情、羁旅，也有咏物之作。格律谨严，语言曲丽精雅，长调尤善铺叙，为后来格律词派词人所宗。作品在婉约词人中长期被尊为“正宗”。旧时词论称他为“词家之冠”或“词中老杜”，是公认的“负一代词名”的词人，在宋代影响甚大。有《清真居士集》，已佚，今存《片玉集》。

瑞龙吟（章台路）

章台路①，还见褪粉梅梢，试花桃树。愔愔坊陌人家②，定巢燕子，归来旧处。　　黯凝伫，因念个人痴小③，乍窥门户。侵晨浅约宫黄④，障风映袖，盈盈笑语。

前度刘郎重到，访邻寻里，同时歌舞。惟有旧家秋娘⑤，声价如故。吟笺赋笔，犹记燕台句⑥。知谁伴，名园露饮⑦，东城闲步？事与孤鸿去。探春尽是，伤离意绪。官柳低金缕⑧。归骑晚，纤纤池塘飞雨。断肠院落，一帘风絮。

① 章台路：汉长安章台下有章台街。此处指繁华的游乐场所。

② 愔（yīn）愔：安静的样子。

③ 个人：那人。

④ 浅约宫黄：淡施脂粉。宫黄，宫人用以涂眉的黄粉。

⑤ 秋娘：杜秋娘，唐金陵歌妓。此处泛指美貌歌女。

⑥ 燕台句：赠给恋人的诗句。

⑦ 露饮：露天饮酒。

⑧ 官柳：官道两旁的柳树。金缕：形容柳条如金线一般。

评注

清·吴梅《词学通论》：通体仅“黯凝伫”“前度刘郎重到”“伤离意绪”三语为作词主意。此外则顿挫而复缠绵，空灵而又沉郁。骤视之，几真测其用笔之意，此所谓神化也。

风流子 （新绿小池塘）

新绿小池塘，风帘动、碎影舞斜阳。羡金屋去来①，旧时巢燕；土花缭绕②，前度莓墙③。绣阁里、凤帏深几许？听得理丝簧④。欲说又休，虑乖芳信⑤；未歌先噎，愁近清觞⑥。　　遥知新妆了，开朱户，应自待月西厢。最苦梦魂，今宵不到伊行。问甚时说与，佳音密耗，寄将秦镜⑦，偷换韩香⑧？天便教人，霎时厮见何妨。

① 金屋：美女住的地方。

② 土花：苔藓。

③ 莓墙：长满青苔的墙。

④ 丝簧：指管弦乐器。

⑤ 乖：违误。

⑥ 清觞(shāng)：洁净的酒杯。

⑦ 秦镜：汉代秦嘉妻徐淑赠其明镜。此处指情人送的物品。

⑧ 韩香：原指晋贾充之女贾午爱恋韩寿，以御赐西域奇香赠之，此处指情人的赠品。

评注

清·黄氏《蓼园词评》：因见旧燕度莓墙而巢于金屋，乃思自身已在凤帏之外，而听别人理丝簧，未免悲咽耳。

清·沈谦《填词杂说》："天便教人，霎时厮见何妨"，"花前月下，见了不教归去"，卞急迂妄，各极其妙，美成真深于情者。

清·况周颐《蕙风词话》："最苦"二句，"天便"二句，亦愈朴愈厚，愈厚愈雅。

兰陵王 （柳阴直）

柳阴直①。烟里丝丝弄碧②。隋堤上、曾见几番，拂水飘绵送行色。登临望故国。谁识京华倦客③？长亭路，年去岁来，应折柔条过千尺。　　闲寻旧踪迹。又酒趁哀弦，灯照离席。梨花榆火催寒食。愁一箭风快，半篙波暖，回头迢递便数驿，望人在天北。　　凄恻，恨堆积。渐别浦萦回④，津堠

① 柳阴直：长堤上的柳树行列整齐，柳荫也连成一条直线。

② "烟里"句：烟雾里柳丝飞舞，卖弄它嫩绿的姿色。

③ 京华倦客：久住在京城感到厌倦的人。此处指词人自己。

④ 别浦萦回：船开走了，水波仍在回旋。

岑寂⑤。斜阳冉冉春无极。念月榭携手，露桥闻笛。沉思前事，似梦里，泪暗滴。

⑤"津堠（hòu）"句：码头上冷冷清清的。津堠：码头上守望、可供住宿的地方。

评注

清·陈廷焯《白雨斋词话》：美成词极其感慨，而无处不郁，令人不能遽窥其旨。如《兰陵王》云："登临望故国，谁识京华倦客。"二语是一篇之主。

六丑·蔷薇谢后作

正单衣试酒①，怅客里、光阴虚掷。愿春暂留，春归如过翼②，一去无迹。为问家何在？夜来风雨，葬楚宫倾国③。钗钿堕处遗香泽④，乱点桃蹊⑤，轻翻柳陌。多情为谁追惜？但蜂媒蝶使，时叩窗隔。　　东园岑寂，渐蒙笼暗碧。静绕珍丛底⑥，成叹息。长条故惹行客，似牵衣待话，别情无极。残英小、强簪巾帻⑦。终不似、一朵钗头颤袅，向人欹侧⑧。漂流处、莫趁潮汐。恐断红、尚有相思字⑨，何由见得？

① 试酒：宋代风俗，农历三月末或四月初偿新酒。

② 过翼：飞过的鸟。

③ 楚宫倾国：楚王宫里的美女，喻蔷薇花。

④ 钗钿堕处：花落处。

⑤ 桃蹊（xī）：桃树下的路。

⑥ 珍丛：花丛。

⑦ 强簪巾帻（zé）：勉强插戴在头巾上。巾帻，头巾。

⑧ "向人"句：向人表示依恋媚态。

⑨ "恐断红"句：意指红花飘零时，对人间充满了依恋之情。用唐人卢渥和宫女在红叶上题诗的典故。据范摅《云溪友议》记载，唐卢渥到长安应试，拾得沟中漂出的红叶，上有宫女题诗。后娶遣放宫女为妻，恰好是题诗者。

评注

清·陈廷焯《云韶集》：如泣如诉，语极呜咽，而笔力沉雄，如闻孤鸿，如听江声。笔态飞舞，反复低徊，词中之圣也。结笔愈高。

清·周济《宋四家词选》：不说人惜花，却说花恋人；不从无花惜春，却从有花惜春；不惜已簪之残英，偏惜欲去之断红。

夜飞鹊（河桥送人处）

河桥送人处，凉夜何其①。斜月远堕余辉，铜盘烛泪已流尽，霏霏凉露沾衣。相将散离会②，探风前津鼓，树杪参旗③。花骢会意，纵扬鞭，亦自行迟。　　迢递路回清野，人语渐无闻，空带愁归。何意重经前地，遗钿不见，斜径都迷。兔葵燕麦④，向斜阳，欲与人齐。但徘徊班草⑤，欷歔酹酒，极望天西。

① "凉夜" 句：意指夜深尚未天明。凉：也作 "良"。

② 离会：离别前的饯行聚会。

③ "树杪（miǎo）" 句：树梢上的夜空中散布着点点繁星。树杪：树梢。参旗（cēn）：星辰名，初秋时于黎明前出现。

④ "兔葵" 句：野葵和野麦。

⑤ 班草：布草而坐。

评注

近代·梁启超《饮冰室评词》："兔葵燕麦" 二语，与柳屯田之 "晓风残月"，可称送别词中双绝，皆熔情入景也。

满庭芳·夏日溧水无想山作

风老莺雏①，雨肥梅子，午阴嘉树清圆②。地卑山近，衣润费炉烟③。人静乌鸢自乐④，小桥外、新绿溅溅。凭阑久，黄芦苦竹，疑泛九江船⑤。　　年年，如社燕⑥，飘流瀚海，来寄修椽。且莫思身外，长近尊前。憔悴江南倦客，不堪听、急管繁弦。歌筵畔，先安簟枕，容我醉时眠。

① "风老" 句：小莺在暖风中长大。

② "午阴" 句：正午阳光下的树影清晰圆正。

③ 炉烟：用来熏衣，去除湿气。

④ 乌鸢（yuān）：即乌鸦和老鹰。

⑤ "黄芦" 两句：意为住宅四周黄芦苦竹丛生，我的心情就像白居易被贬谪九江时一样。

⑥ 社燕：相传燕子每年于春天的社日从南方飞来，秋天的社日又飞回南方，故称 "社燕"。

评注

清·黄氏《蓼园词评》：此必其出知顺昌后作。前三句见春光已去。"地卑" 至 "九江船"，言其地之僻也。"年年" 三句，见宦情如逆旅。"且莫思" 句至末，写其心之难遣也。末句妙于语言。

过秦楼（水浴清蟾）

水浴清蟾[1]，叶喧凉吹，巷陌马声初断。闲依露井，笑扑流萤，惹破画罗轻扇。人静夜久凭阑，愁不归眠，立残更箭[2]。叹年华一瞬，人今千里，梦沉书远。　　空见说、鬓怯琼梳，容消金镜，渐懒趁时匀染。梅风地溽[3]，虹雨苔滋[4]，一架舞红都变[5]。谁信无聊，为伊才减江淹[6]，情伤荀倩。但明河影下，还看稀星数点。

① 清蟾：明月。

② 更箭：计时的铜壶滴中标有时间刻度的浮尺。

③ 梅风：梅子成熟季节的风。

④ 虹雨：初夏时节的雨。

⑤ 舞红：落花。

⑥ "才减"句：相传江淹少时因梦人授五色笔而文思大进，而后梦见郭璞取其笔，才思竭尽，即后世所称"江郎才尽"。

评注

清·陈廷焯《云韶集》：婉约芊绵，凄艳绝世，满纸是泪，而笔墨极尽飞舞之致。

花犯（粉墙低）

粉墙低[1]，梅花照眼[2]，依然旧风味。露痕轻缀。疑净洗铅华，无限佳丽。去年胜赏曾孤倚。冰盘同燕喜。更可惜、雪中高树，香篝熏素被[3]。　　今年对花最匆匆，相逢似有恨，依依愁悴。吟望久，青苔上、旋看飞坠[4]。相将见、脆丸荐酒[5]，人正在、空江烟浪里。但梦想、一枝潇洒[6]，黄昏斜照水。

① 粉墙：涂刷成白色的墙。

② 照眼：耀眼，醒目。形容物体明亮或光度强。

③ 香篝（gōu）：熏香之笼。比喻雪覆盖梅树，像白被放在熏笼上一样。

④ 旋看飞坠：屡屡看梅花飘飞坠落在青苔上面。

⑤ 相将（jiāng）：行将。脆丸：梅子。荐酒：佐酒。

⑥ 潇洒：凄清之意。

评注

清·黄氏《蓼园词评》：总是见宦迹无常，情怀落漠耳。忽借梅花以写，意超而思永。言梅犹是旧风情，而人则离合无常。去年与梅共安冷淡，今年梅正开而人欲远别，梅似含愁悴之意而飞坠，梅子将圆，而人在空江中，时梦想梅影而已。

大酺（对宿烟收）

对宿烟收，春禽静，飞雨时鸣高屋。墙头青玉旆①，洗铅霜都尽②，嫩梢相触。润逼琴丝，寒侵枕障，虫网吹粘帘竹。邮亭无人处，听檐声不断，困眠初熟。奈愁极频惊，梦轻难记，自怜幽独。

行人归意速，最先念、流潦妨车毂③。怎奈向、兰成憔悴④，卫玠清赢⑤，等闲时、易伤心目。未怪平阳客⑥，双泪落、笛中哀曲。况萧索、青芜国⑦。红糁铺地⑧，门外荆桃如菽，夜游共谁秉烛？

① 青玉旆：比喻新竹。旆，古代旗末燕尾状饰品。

② 铅霜：竹子的箨粉。

③ 流潦：道路积水。

④ 兰成：庾信，字兰成。初仕梁，后留北周。

⑤ "卫玠"句：晋卫玠美貌而有羸疾。

⑥ 平阳客：后汉马融性好音乐，独卧平阳，闻人吹笛而悲，故称"平阳客"。

⑦ 青芜国：杂草丛生地。

⑧ 红糁（sǎn）：指落花。糁，米粒。

> **评注**
>
> 明·李攀龙《草堂诗余隽》："自怜幽独"，又"共谁秉烛"，如常山蛇势，首尾自相击应。

解语花·上元

风消焰蜡，露浥红莲，花市光相射。桂华流瓦①。纤云散，耿耿素娥欲下②。衣裳淡雅。看楚女纤腰一把。箫鼓喧，人影参差，满路飘香麝。　　因念都城放夜③。望千门如昼④，嬉笑游冶。钿车罗帕⑤。相逢处，自有暗尘随马。年光是也。惟只见、旧情衰谢。清漏移，飞盖归来⑥，从舞休歌罢。

① 桂华：代指月亮、月光。传说月中有桂树，故有以桂代月。

② 素娥：月中神女名嫦娥，月色白，故亦称素娥。

③ 放夜：古代京城禁止夜行，惟正月十五夜弛禁，市民可欢乐通宵，称作"放夜"。

④ 千门：皇宫深沉，千家万户。

⑤ 钿车：装饰豪华的马车。

⑥ 飞盖：华丽的车盖，此处指车子。

宋·张炎《词源》：不独措辞精粹，又且见时序风物之胜，人家宴乐之同。

定风波（莫倚能歌敛黛眉）

莫倚能歌敛黛眉[1]。此歌能有几人知。他日相逢花月底。重理。好声须记得来时。　苦恨城头传漏水[2]，催起。无情岂解惜分飞。休诉金尊推玉臂[3]。从醉。明朝有酒倩谁持。

[1] 倚：依照。敛黛眉：眉间凝聚忧愁。敛，收。黛，青黑色。

[2] 漏水：漏壶滴水计时。

[3] 金尊：金制的酒杯，泛指酒杯。

近代·王国维《人间词话》：美成深远之致，不及欧、秦，唯言情体物，穷极工巧，故不失为第一流之作者。但恨创调之才多，创意之才少耳。

蝶恋花（月皎惊乌栖不定）

月皎惊乌栖不定[1]，更漏将残，辘轳牵金井。唤起两眸清炯炯[2]，泪花落枕红绵冷。　执手霜风吹鬓影，去意徊徨[3]，别语愁难听。楼上阑干横斗柄[4]，露寒人远鸡相应。

[1] "月皎"句：月色，常惊醒乌鸦。喻人难以入睡。

[2] 两眸清炯炯：两眼亮晶晶的，表示没有睡着。炯炯，明亮的样子。

[3] 徊徨：心中无主。

[4] 阑干：横斜的样子。斗柄：北斗星第五至第七的三颗星形似斗柄，故称。

俞陛云《唐五代两宋词选释》：此纪别之词。从将晓景物说起，而唤睡醒，而倚枕泣别，而临风执手，而临别依依，而行人远去，次第写出，情文相生，为自来录别者希有之作。结句七字神韵无穷，吟讽不厌，在五代词中，亦上乘也。

解连环（怨怀无托）

怨怀无托，嗟情人断绝，信音辽邈①。纵妙手、能解连环②，似风散雨收，雾轻云薄。燕子楼空，暗尘锁③、一床弦索④。想移根换叶⑤，尽是旧时，手种红药⑥。

汀洲渐生杜若⑦，料舟依岸曲，人在天角。谩记得、当日音书，把闲语闲言，待总烧却。水驿春回，望寄我、江南梅萼⑧。拼今生⑨，对花对酒，为伊泪落。

① 信音：音信，消息。辽邈：辽远。

② 解连环：此处借喻情怀难解。

③ 暗尘：积累的尘埃。

④ 床：放琴的架子。

⑤ 移根换叶：比喻彻底变换处境。

⑥ 红药：芍药花。

⑦ 杜若：芳草名。别称地藕、竹叶莲、山竹壳菜。

⑧ 梅萼(è)：梅花的蓓蕾。

⑨ 拼：不顾惜，舍弃。

评注

清·陈洵《海绡说词》：全是空际盘旋。"无托"起，"泪落"结。中间"红药"一情，"杜若"一情，"梅萼"一情。随手拈来，都成妙谛。

拜星月慢（夜色催更）

夜色催更，清尘收露，小曲幽坊月暗。竹槛灯窗①，识秋娘庭院②。笑相遇，似觉琼枝玉树相倚③，暖日明霞光烂。水眄兰情④，总平生稀见。　　画图中、旧识春风面⑤。谁知道、自到瑶台畔⑥。眷恋雨润云温⑦，苦惊风吹散。念荒寒⑧、寄宿无人馆。重门闭、败壁秋虫叹。怎奈向、一缕相思，隔溪山不断。

① 竹槛：竹栏杆。

② 秋娘：唐宋时对歌妓的一般称呼。

③ 琼枝玉树：比喻人姿容秀美。

④ "水眄"句：目盼如秋水，情香如兰花。一作"水盼兰情"。眄：顾盼。

⑤ "画图"句：词人用旧典以昭君喻"秋娘"。春风面：容貌美丽。

⑥ 瑶台：原指仙人居住的地方，这里借指伊人住所。

⑦ 雨润云温：比喻男女情好。

⑧ 荒寒：既荒凉又寒冷。

清·陈廷焯《云韶集》：迤逦写来，入微尽致。当年画中曾见，今日重逢，其情愈深。旅馆凄凉，相思情况，一一如见。

关河令（秋阴时晴渐向暝）

秋阴时晴渐向暝①，变一庭凄冷。伫听寒声②，云深无雁影。

更深人去寂静，但照壁、孤灯相映。酒已都醒，如何消夜永③？

① 暝：黄昏。

② 寒声：秋声，指秋天里风声、落叶声、虫鸟哀鸣声等。这里专指雁叫声。

③ "如何"句：怎么能熬过这漫漫长夜。消：消磨，打发。夜永：永夜、长夜。

清·周济《宋四家词选》：淡永。

清·陈廷焯《云韶集》："云深无雁影"，五字千古。不必说借酒销愁，偏说酒已都醒，笔力劲直，情味愈见。

清·陈洵《海绡说词》：神味拙厚，总是笔力有余。

绮寮怨（上马人扶残醉）

上马人扶残醉，晓风吹未醒。映水曲、翠瓦朱檐，垂杨里、乍见津亭①。当时曾题败壁，蛛丝罩、淡墨苔晕青。念去来、岁月如流，徘徊久、叹息愁思盈。　　去去倦寻路程，江陵旧事，何曾再问杨琼②。旧曲凄清，敛愁黛、与谁听？尊前故人如在，想念我、最关情。何须渭城③，歌声未尽处，先泪零。

① 津亭：渡口边的亭子。

② 杨琼：唐代江陵歌妓。

③ 渭城：唐王维的《渭城曲》，多在离别的筵席上歌唱。

俞陛云《唐五代两宋词选释》：起二句工于发端，"败壁"二句乃昔年村店题墙，客子重过，自有一种征途怀旧之感，况"蛛丝""苔晕"，极荒寒耶！下阕"旧曲"三句作一顿挫，以下如乘溜放舟，不须篙橹，其情词之幽咽，若清夜啼猿，令人不怡也。

尉迟杯（隋堤路）

隋堤路①。渐日晚、密霭生深树。阴阴淡月笼沙，还宿河桥深处②。无情画舸，都不管、烟波隔前浦。等行人、醉拥重衾，载将离恨归去。　　因思旧客京华，长偎傍疏林，小槛欢聚③。冶叶倡条俱相识④，仍惯见、珠歌翠舞。如今向、渔村水驿⑤，夜如岁、焚香独自语。有何人、念我无聊，梦魂凝想鸳侣⑥。

① 隋堤：隋炀帝大业元年重浚汴河，开通济渠，沿河筑堤，后称隋堤。
② 河桥：汴河上的桥。
③ 小槛：窗下或长廊上的栏杆。
④ 冶叶倡条：指歌妓。
⑤ 水驿：水边的驿站。
⑥ 梦魂：古人以为人的灵魂在睡梦中会离开肉体，故称"梦魂"。凝想：聚精会神地想，痴痴地想。鸳侣：情人。

[评注]

清·谭献《谭评词辨》：收处率甚。

清·周济《宋四家词选目录序论》：南宋诸公所断不能到者，出之平实，故胜。

西河·金陵怀古

佳丽地①，南朝盛事②谁记。山围故国绕清江，髻鬟对起。怒涛寂寞打孤城，风樯遥度天际③。
断崖树、犹倒倚，莫愁艇子曾系④。空余旧迹郁苍苍，雾沉半垒。夜深月过女墙来，伤心东望淮水。
酒旗戏鼓甚处市？想依稀、王谢邻里，燕子不知何世，向寻常巷陌人家，相对如说兴亡，斜阳里。

① 佳丽地：江南，更指金陵。语出南朝齐谢朓《入城曲》诗句"江南佳丽地，金陵帝王州"。
② 南朝盛事：自东晋灭亡到隋朝统一为止，中国历史上出现南北对峙的局面，南方有宋、齐、梁、陈四个朝代，合称南朝，皆建都于金陵。
③ 风樯：指代顺风扬帆的船只。樯，船上张帆用的桅杆。
④ 莫愁：南朝时的民间女子。

清·许昂霄《词综偶评》：紧括唐人诗句浑然天成。"山围故国绕清江"四句，形胜。"莫愁艇子曾系"三句，古迹。"酒旗戏鼓甚处市"至末，目前景物。

清·陈廷焯《云韶集》：此词纯用唐人成句融化入律，气韵沉雄，苍凉悲壮，直是压遍古今。金陵怀古词，古今不可胜数，要当以美成此词为绝唱。

瑞鹤仙（悄郊原带郭）

悄郊原带郭，行路永，客去车尘漠漠。斜阳映山落，敛余红、犹恋孤城阑角。凌波步弱①，过短亭、何用素约②。有流莺劝我，重解绣鞍，缓引春酌。　　不记归时早暮，上马谁扶，醒眠朱阁。惊飙动幕③，扶残醉，绕红药。叹西园、已是花深无地，东风何事又恶？任流光过却，犹喜洞天自乐④。

①凌波：形容女子步履轻盈的样子。

②素约：平日就约好。

③惊飙(biāo)：暴风。

④洞天：道家称神仙所居的洞府。

清·许昂霄《词综偶评》："任流光过却"紧接上文；"犹喜洞天自乐"，收拾中间。

俞陛云《唐五代两宋词选释》：前四句写郊行风景，"余红"句兼含情韵，与周草窗词"一片斜阳恋柳"并推佳咏。"凌波"至"春酌"数语，论词面不过言途逢旧眷，小饮留连，须于句秀而笔劲处着眼。转头处承上"春酌"句，回忆醉时，颇得神态。以下扶醉惜花，更多余感。结句开拓，不落恒蹊。

浪淘沙慢（昼阴重）

昼阴重，霜凋岸草，雾隐城堞。南陌脂车待发①，东门帐饮乍阕。正拂面、垂杨堪揽结。掩红泪、玉手亲折②。念汉浦、离鸿去何许？经时信音绝。　　情切，望中地远天阔。向露冷风清，无人处，耿耿寒漏咽。嗟万事难忘，惟是轻别。翠尊未竭，凭断云、留取西楼残月。　　罗带光消纹衾叠，连环解、旧香顿歇。怨歌永、琼壶敲尽缺③。恨春去、不与人期，弄夜色、空余满地梨花雪。

① 脂车：在车轮轴上涂油脂，以利行走。

② 红泪：女子的眼泪。传说薛灵芸别父母进宫，泣泪如血（见《拾遗记》）。

③ 琼壶敲尽缺：传说晋王敦酒后常咏曹操"老骥伏枥"诗，并用如意击唾壶为节拍，壶口尽缺（见《世说新语·豪爽》）。

评注

清·陈洵《海绡说词》："经时信音绝"，是全篇点睛。自起句至"亲折"，皆是追叙别时。下二段全写忆别。上下神理结成一片，是何等力量。

应天长（条风布暖）

条风布暖①，霏雾弄晴②，池台遍满春色③。正是夜堂无月④，沉沉暗寒食。梁间燕，前社客⑤。似笑我、闭门愁寂。乱花过，隔院芸香⑥，满地狼藉。　　长记那回时，邂逅相逢⑦，郊外驻油壁⑧。又见汉宫传烛，飞烟五侯宅。青青草，迷路陌。强载酒、细寻前迹。市桥远，柳下人家，犹自相识。

① 条风：春风。

② 霏雾：飘拂的云雾。

③ 池台：池苑楼台。一作"池塘"。

④ 夜堂：一作"夜台"。

⑤ 前社：春社。

⑥ 芸香：香草名。多年生草本植物，其下部为木质，故又称芸香树。泛指花之香气。

⑦ 邂逅（xièhòu）：不期而遇。

⑧ 油壁：油壁车，车壁以油饰之。

评注

俞陛云《唐五代两宋词选释》：写寒食寂寥情况，以"梁间燕""隔院香"衬托出之，不使一平笔。下阕强寻前迹，而紫陌人遥，虽门巷依依，不异蓬山远隔。辞意之清永，如嚼水精盐，无尘羹俗味也。

夜游宫 (叶下斜阳照水)

叶下斜阳照水①，卷轻浪、沉沉千里②。桥上酸风射眸子③。立多时，看黄昏，灯火市。　古屋寒窗底，听几片、井桐飞坠。不恋单衾再三起。有谁知，为萧娘④，书一纸？

① 叶下：叶落。

② 沉沉：形容流水不断的样子。

③ 酸风射眸子：冷风刺眼。

④ 萧娘：唐代对女子的泛称。此指词人的情侣。唐杨巨源《雀娘》诗："风流才子多春思，肠断萧娘一纸书。"

评注

薛砺若《宋词通论》：这首《夜游宫》，把秋暮晚景，写得明净如画。即中西最高的诗篇，其写景美妙处，亦不能过此。

琐窗寒 (暗柳啼鸦)

暗柳啼鸦，单衣伫立，小帘朱户。桐花半亩，静锁一庭愁雨。洒空阶、夜阑未休，故人剪烛西窗语①。似楚江暝宿，风灯零乱，少年羁旅。　迟暮，嬉游处。正店舍无烟，禁城百五②。旗亭唤酒③，付与高阳俦侣④。想东园、桃李自春，小唇秀靥今在否⑤？到归时、定有残英，待客携尊俎。

① 剪烛西窗语：借李商隐的《夜雨寄北》"何当共剪西窗烛，却话巴山夜雨时"语，抒发怀乡之情。

② 百五：寒食节。冬至后一百零五日为寒食。

③ 旗亭：酒楼。

④ 高阳俦(chóu)侣：西汉郦食其自称高阳酒徒。

⑤ 靥(yè)：脸上的酒窝。

评注

清·陈廷焯《云韶集》：起三语精工，若他人写来，秀丽或过之，骨韵终逊。"少年羁旅"四字凄惨。一味直来直往，自非他手所能到。

毛滂
（一首）

毛滂（1061—约1124），字泽民，衢州江山（今浙江江山）人。北宋词人，生于"天下文宗儒师"世家，父维瞻、伯维藩、叔维甫皆为进士。自幼酷爱诗文词赋，其诗词被时人评为"豪放恣肆""自成一家"。著《东堂集》10卷、《东堂词》1卷，均收入《四库全书》。《宋史·艺文世》列有《毛滂集》15卷。其词受苏轼、柳永影响，清圆明润，别树一格，无秾艳词语，自然深挚、秀雅飘逸。其词对陈与义、朱敦儒乃至姜白石、张炎等人的创作都有影响。

惜分飞·富阳僧舍代作别语

泪湿阑干花著露[1]，愁到眉峰碧聚。此恨平分取，更无言语空相觑[2]。　　断雨残云无意绪，寂寞朝朝暮暮。今夜山深处，断魂分付潮回去。

① 阑干：纵横的样子。

② 觑（qù）：看。

[评注]

宋·陈振孙《直斋书录解题》：本以"断魂分付潮回去"见赏东坡得名，而他词虽工，未有能及此者。

明·沈际飞《草堂诗余正集》：第一个相别情态，一笔描来，不可思议。

宋·周辉《清波杂志》：语尽而意不尽，意尽而情不尽，何酷似乎少游也。

赵令畤（三首）

赵令畤（1064—1134），初字景贶，苏轼为之改字德麟，自号聊复翁。太祖次子燕王德昭玄孙。元祐中签书颍州公事，时苏轼为知州，荐其才于朝。后坐元祐党籍，被废十年。绍兴初，袭封安定郡王，迁宁远军承宣使。去世后，赠开府仪同三司。著《侯鲭录》八卷，赵万里辑《聊复集》词一卷。

蝶恋花（欲减罗衣寒未去）

欲减罗衣寒未去，不卷珠帘，人在深深处。红杏枝头花几许？啼痕止恨清明雨①。　　尽日沉烟香一缕②，宿酒醒迟，恼破春情绪③。飞燕又将归信误，小屏风上西江路④。

① 止：犹"只"。

② 沉烟：点燃的沉香。

③ 恼：撩惹。

④ 西江：古诗词中常泛称江河为"西江"。

评注

俞陛云《唐五代两宋词选释》：上段警拔不足而静婉有余，后段以闲淡之笔，写怀人心事。结处风华掩映，含蓄不尽。

明·李攀龙《草堂诗余隽》：托杏写兴，托燕传情，怀春几许衷肠。

明·沈际飞《草堂诗余正集》：末路情景，若近若远，低徊不能去。

蝶恋花（卷絮风头寒欲尽）

卷絮风头寒欲尽。坠粉飘香①，日日红成阵②。新酒又添残酒困。今春不减前春恨。　　蝶去莺飞无处问。隔水高楼，望断双鱼信③。恼乱横波秋一寸④。斜阳只与黄昏近。

① "坠粉"句：春花坠落，传来阵阵香气。

② 红成阵：红花一阵阵飘落。

③ 双鱼：书简。

④ 横波秋一寸：秋波，眼神。

评注

明·沈际飞《草堂诗余正集》：恨春日又恨黄昏，黄昏滋味更觉难尝耳。

明·李攀龙《草堂诗余隽》：妙在写景语，语不在多，而情更无穷。

清平乐（春风依旧）

春风依旧，著意隋堤柳①。搓得鹅儿黄欲就②，天气清明时候。

去年紫陌青门③，今宵雨魄云魂。断送一生憔悴，只消几个黄昏？

① 著意：有意于；用心于。隋堤柳：隋炀帝大业元年（605年）重浚汴河，开通济渠，沿渠筑堤植柳。至宋代，近汴京一段多为送别之地。

② 鹅儿黄：幼鹅毛色黄嫩，故以喻娇嫩淡黄之物色。

③ 紫陌：旧指京师道路。

评注

俞陛云《唐五代两宋词选释》：托今追昔，人之常情。此词结末二句，何沉痛乃尔。

叶梦得 (二首)

叶梦得（1077—1148），字少蕴，祖籍处州松阳（今属浙江苏州吴县），北宋刑部侍郎叶逵五世孙，曾祖叶纲始迁苏州。宋代词人。绍圣四年（1097年）登进士第，历任翰林学士、户部尚书、江东安抚大使等。晚年隐居湖州弁山玲珑山石林，故号石林居士，所著诗文多以石林为名，如《石林燕语》《石林词》《石林诗话》等。去世后，追赠检校少保。在北宋末年到南宋前半期的词风变异过程中，叶梦得是起到先导和枢纽作用的重要词人。作为南渡词人中年辈较长的一位，叶梦得开拓了南宋前半期以"气"入词的词坛新路。叶词中的气主要表现在英雄气、狂气、逸气三方面。

贺新郎 (睡起流莺语)

睡起流莺语。掩苍苔、房栊向晚，乱红无数。吹尽残花无人见，惟有垂杨自舞。渐暖霭、初回轻暑。宝扇重寻明月影，暗尘侵、上有乘鸾女①。惊旧恨，遽如许。　　江南梦断横江渚。浪黏天、葡萄涨绿②，半空烟雨。无限楼前沧波意，谁采蘋花寄取？但怅望、兰舟容与③。万里云帆何时到，送孤鸿、目断千山阻。谁为我，唱金缕④。

① 乘鸾女：乘鸾鸟而飞的女子。指月宫中的仙女。

② 葡萄涨绿：形容江水之颜色。

③ 容与：安然自得的样子。

④ 金缕：唐代歌曲名。

评注

宋·张侃《拙轩词话》：平日得意之作也，名振一时，虽游女亦知爱重。帅颖日，其侣乞词，石林书此词赠之。后人亦取"金缕"二字名词。虽然豪逸而迫近人情，纤丽而摇动闺思。

虞美人（落花已作风前舞）

雨后同干誉、才卿置酒来禽花下作①。

落花已作风前舞，又送黄昏雨。晓来庭院半残红，惟有游丝，千丈罥晴空②。　　殷勤花下同携手，更尽杯中酒。美人不用敛蛾眉，我亦多情，无奈酒阑时。

① 来禽：果名，指林檎，俗名"花红"，北方称"沙果"。

② 罥（juàn）：挂；缠绕。

评注

明·毛晋《石林词跋》：不作柔语殢人，真词家逸品。

明·沈际飞《草堂诗余正集》：下场头话偏自生情生姿，颠播妙耳。

李元膺（一首）

李元膺，生卒年不详，东平（今属山东）人，南京教官。绍圣间，李孝美作《墨谱法式》，元膺为序。蔡京因赐宴西池，失足落水，几至沉溺。元膺闻之笑曰："蔡元长都湿了肚里文章。"蔡京闻之怒，卒不得召用。据此，元膺当为哲宗、徽宗时人。《乐府雅词》有李元膺词8首。

洞仙歌（雪云散尽）

一年春物，惟梅柳间意味最深。至莺花烂漫时，则春已衰迟，使人无复新意。余作《洞仙歌》，使探春者歌之，无后时之悔。

雪云散尽，放晓晴池院。杨柳于人便青眼。更风流多处，一点梅心，相映远，约略颦轻笑浅①。

一年春好处，不在浓芳，小艳疏香最娇软②。到清明时候，百紫千红，花正乱，已失春风一半。早占取韶光、共追游③，但莫管春寒，醉红自暖。

① 约略：大概；差不多。颦：皱眉。

② 疏香：借指梅花。

③ 韶光：美好的时光。常指春光。

评注

明·卓人月《古今词统》："于人"二字，本杜诗："竹叶于人既无分，菊花从此不须开。""一半"句，似黄玉林"夜来能有几多寒，已度了梨花一半"。

俞陛云《唐五代两宋词选释》：赏春须早，有"好花看到半开时"意。较"花开堪折直须折，莫待无花空折枝"诗，尤为警动。日中则昃，操刀必割，凡事争天下之先，不仅赏春也。

刘一止
（一首）

刘一止（1079—1160），字行简，号太简居士，湖州归安（今浙江湖州）人。宣和三年进士，累官中书舍人、给事中，以敷文阁直学士致仕。为文敏捷，博学多才。有《苕溪集》。

喜迁莺·晓行

晓光催角①，听宿鸟未惊，邻鸡先觉。迤逦烟村，马嘶人起，残月尚穿林薄②。泪痕带霜微凝，酒力冲寒犹弱。叹倦客，悄不禁重染，风尘京洛。　　追念人别后，心事万重，难觅孤鸿托。翠幄娇深，曲屏香暖，争念岁寒飘泊。怨月恨花烦恼，不是不曾经著。这情味，望一成消减，新来还恶。

① 角：号角。
② 林薄：林疏之意。

评注

清·许昂霄《词综偶评》："宿鸟"以下七句，字字真切，觉晓行情景，宛在目前，宜当时以此得名。

汪藻（一首）

汪藻（1079—1154），字彦章，号浮溪，又号龙溪，饶州德兴（今属江西）人。北宋末、南宋初文学家，汪谷之子。先世籍贯婺源，后移居饶州德兴。代表作是《建炎三年十一月三日德音》。

点绛唇（新月娟娟）

新月娟娟①，夜寒江静山衔斗。起来搔首，梅影横窗瘦。好个霜天，闲却传杯手。君知否？乱鸦啼后，归兴浓于酒。

① 娟娟：明媚美好的样子。

评注

宋·王明清《玉照新志》：汪彦章在京师，尝作《点绛唇》词云云。绍兴中，彦章知徽州，仍令席间歌之。坐客有挟怨者亟纳桧相（秦桧），指为新制以讥会之（秦桧字）。会之怒，讽言者迁于永（永州）。

清·黄氏《蓼园词评》：此首写在外栖栖不得意，思家之作耳。"霜天"无酒，落漠可知，写来却蕴藉。

陈克（二首）

陈克（1081—1137后），字子高，自号赤城居士，临海（今属浙江）人，北宋末至南宋初词人。少时随父宦学四方，后侨居金陵（今江苏南京）。绍兴七年（1137年），吕祉节制淮西抗金军马，荐为幕府参谋。他欣然响应，留其家于后方，以单骑从军。曾与吴若共著《东南防守便利》3卷。

菩萨蛮（赤阑桥尽香街直）

赤阑桥尽香街直，笼街细柳娇无力。金碧上青空，花晴帘影红。黄衫飞白马①，日日青楼下。醉眼不逢人，午香吹暗尘。

① 黄衫：隋、唐时少年华贵的服饰。这里借代达官贵人家的公子哥儿。

【评注】

清·陈廷焯《白雨斋词话》：陈子高词婉雅闲丽，暗合温、韦之旨，晁无咎、毛泽民（毛滂）、万俟雅言等远不逮也。

清·谭献《谭评词辨》："醉眼不逢人，午香吹暗尘"，讽刺显然。

菩萨蛮（绿芜墙绕青苔院）

绿芜墙绕青苔院①，中庭日淡芭蕉卷。蝴蝶上阶飞，烘帘自在垂②。　玉钩双语燕，宝甃杨花转③。几处簸钱声④，绿窗春睡轻。

① 芜：草长得多而乱。这里指丛生的杂草。

② 烘帘：俗称"暖帘"，用作遮掩和防风寒。

③ 甃（zhòu）：井壁，用砖砌成。这里代指井。

④ 簸钱：一种掷钱作赌的游戏。

【评注】

清·周济《介存斋论词杂著》：子高不甚有重名，然格韵绝高，昔人谓"晏、周之流亚"。晏氏父子俱非其敌，以方美成，则又拟于不伦；其温、韦高弟乎？比温则薄，比韦则悍，故当出入二氏之门。

赵佶
（一首）

赵佶（1082—1135），即宋徽宗，宋神宗第十一子、宋哲宗之弟，宋朝第八位皇帝。即位之后启用新法，在位初期颇有明君之气。后经蔡京等大臣的诱导，政治情形一落千丈。后来，金军兵临城下，受李纲之言，匆匆禅让给太子赵桓，在位 25 年，国亡被俘受折磨而死，终年 54 岁，葬于都城绍兴永祐陵（今浙江绍兴市柯桥区东南 35 里处）。他自创一种书法字体，被后人称为"瘦金体"。他爱画花鸟，自成"院体"。他是古代少有的艺术天才，被后世评为"宋徽宗诸事皆能，独不能为君耳"。

宴山亭·北行见杏花 ①

裁剪冰绡，轻叠数重，淡著燕脂匀注 ②。新样靓妆 ③，艳溢香融，羞杀蕊珠宫女 ④。易得凋零，更多少无情风雨。愁苦。问院落凄凉，几番春暮。　　凭寄离恨重重 ⑤，这双燕，何曾会人言语。天遥地远，万水千山，知他故宫何处。怎不思量 ⑥，除梦里有时曾去。无据。和梦也新来不做 ⑦。

① 宴山亭：词牌名。

② 冰绡：白色丝绸，比喻花瓣。燕脂：同"胭脂"。

③ 靓妆：用脂粉打扮。

④ 蕊珠宫：道教传说中的仙宫。

⑤ 凭寄：寄托。

⑥ 思量：思念。

⑦ 和：连。新来：一作"有时"。

评注

近代·王国维《人间词话》：尼采谓："一切文学，余爱以血书者。"后主之词，真所谓以血书者也。宋道君皇帝《宴山亭》词亦略似之。然道君不过自道身世之戚，后主则俨有释迦、基督担荷人类罪恶之意，其大小固不同矣。

周紫芝（二首）

周紫芝（1082—1155），字少隐，号竹坡居士，宣城（今安徽宣城）人，南宋文学家。宋高宗绍兴十二年（1142年），中进士。绍兴十五年（1145年），为礼、兵部架阁文字。绍兴十七年（1147年），为右迪功郎敕令所删定官，历任枢密院编修官、右司员外郎。绍兴二十一年（1151年），出知兴国军，后退隐庐山。交游人物主要有李之仪、吕好问、吕本中、葛立方、秦桧等，曾向秦桧父子献谀诗。著《太仓稊米集》《竹坡诗话》《竹坡词》。

鹧鸪天（一点残釭欲尽时）

一点残釭欲尽时①，乍凉秋气满屏帏。梧桐叶上三更雨，叶叶声声是别离。　调宝瑟，拨金猊②，那时同唱鹧鸪词。如今风雨西楼夜，不听清歌也泪垂。

① 残釭：将熄灭的灯。

② 金猊（ní）：香炉。

评注

清·冯煦《蒿庵论词》：周少隐自言少喜小晏，时有似其体制者，晚年歌之，不甚如人意。今观其所指……。盖少隐误认几道为清倩一派，比其晚作，自觉未逮。不知北宋大家，每从实际盘旋，故无椎凿之迹。至竹坡、无住诸君子出，渐于字句间凝炼求工，而昔贤疏宕之致微矣。此亦南北宋之关键也。

清·陈廷焯《词则·闲情集》：从愁人耳中听得。

踏莎行（情似游丝）

情似游丝，人如飞絮。泪珠阁定空相觑①。一溪烟柳万丝垂，无因系得兰舟住②。　雁过斜阳，草迷烟渚③。如今已是愁无数。明朝且做莫思量，如何过得今宵去。

① 阁：通"搁"。空：空自，枉自。觑：细看。指离别前两人眼中含泪空自对面相看。

② 兰舟：木兰舟，船的美称。

③ 渚：水中小洲。

评注

薛砺若《宋词通论》：此等词都极清倩婉秀，实兼晏、欧、少游、清真数家之长，而能暨于化境者。即列入第一流作家内，亦无愧色。

李清照（七首）

李清照（1084—1155），号易安居士，山东省济南章丘人。宋代词人，婉约词派代表，有"千古第一才女"之称。所作词，前期多写其悠闲生活，后期多悲叹身世，情调感伤。形式上善用白描手法，自辟蹊径，语言清丽。论词强调协律，崇尚典雅，提出词"别是一家"之说，反对以作诗文之法作词。能诗，留存不多，部分篇章感时咏史，情辞慷慨，与其词风不同。有《易安居士文集》《易安词》，已散佚。后人有《漱玉词》辑本。今有《李清照集校注》。

如梦令（昨夜雨疏风骤）

昨夜雨疏风骤，浓睡不消残酒①。试问卷帘人②，却道海棠依旧。知否，知否？应是绿肥红瘦。

① "浓睡"句：虽然睡了一夜，仍有余醉未消。浓睡：酣睡。残酒：尚未消散的醉意。

② 卷帘人：侍女。

［评注］

清·陈廷焯《云韶集》：只数语中层次曲折有味。世徒称其"绿肥红瘦"一语，犹是皮相。

明·蒋一葵《尧山堂外记》：李易安又有《如梦令》，云"昨夜雨疏风骤，浓睡不消残酒。试问卷帘人，却道海棠依旧。知否，知否？应是绿肥红瘦。"当时文士莫不击节称赏，未有能道之者。

凤凰台上忆吹箫（香冷金猊）

香冷金猊①，被翻红浪，起来慵自梳头。任宝奁尘满，日上帘钩。生怕离怀别苦，多少事、欲说还休。新来瘦，非干病酒，不是悲秋。　休休，这回去也，千万遍阳关②，也则难留。念武陵人远③，烟锁秦楼④。惟有楼前流水，应念

① 金猊：狮子形的铜香炉。

② 阳关：《阳关三叠》，为送别乐曲。

③ 武陵人远：原指陶渊明的《桃花源记》中的渔人，此处借指在远方的爱人。

④ 秦楼：凤台，相传是秦穆公女弄玉与其夫萧史乘凤飞升之前的住所。

我、终日凝眸。凝眸处,从今又
添,一段新愁。

明·卓人月《古今词统》:亦是林下风,亦是闺中秀。才一斛,愁
千斛,虽六斛明珠,何以易之。

明·陆云龙《词菁》:满楮情至语,岂是口头禅。

醉花阴（薄雾浓云愁永昼）

薄雾浓云愁永昼,瑞脑消金
兽①。佳节又重阳,玉枕纱厨,半
夜凉初透。　　东篱把酒黄昏后②,
有暗香盈袖③。莫道不消魂,帘卷
西风,人比黄花瘦。

① 瑞脑:一种叫龙脑的香料。金兽:
兽形的铜香炉。

② 东篱:种菊花的花圃。

③ 暗香:幽香。

元·伊世珍《琅嬛记》:易安以重阳《醉花阴》词函致明诚。明诚
叹赏,自愧弗逮,务欲胜之。一切谢客,忘食忘寝者三日夜,得五十
阕,杂易安作,以示友人陆德夫。德夫玩之再三,曰:“只三句绝佳。”
明诚诘之。曰:“莫道不消魂,帘卷西风,人比黄花瘦。”正易安作也。

声声慢（寻寻觅觅）

寻寻觅觅,冷冷清清,凄凄惨
惨戚戚。乍暖还寒时候,最难将
息①。三杯两盏淡酒,怎敌他、晚
来风急。雁过也,正伤心,却是旧
时相识。　　满地黄花堆积,憔悴
损、如今有谁堪摘。守著窗儿,独
自怎生得黑②?梧桐更兼细雨,到
黄昏、点点滴滴。这次第③,怎一
个愁字了得。

① 将息:休息;保养。

② 怎生:怎么。

③ 这次第:这一连串的情况。

清·刘体仁《七颂堂词绎》：惟易安居士"最难将息""怎一个愁字了得"，深妙稳雅，不落蒜酪，亦不落绝句，真此道本色当行第一人也。

念奴娇（萧条庭院）

萧条庭院，又斜风细雨①，重门须闭。宠柳娇花寒食近，种种恼人天气。险韵诗成②，扶头酒醒③，别是闲滋味。征鸿过尽，万千心事难寄。　　楼上几日春寒，帘垂四面，玉阑干慵倚。被冷香消新梦觉，不许愁人不起。清露晨流，新桐初引④，多少游春意。日高烟敛，更看今日晴未。

① 又：原来作"有"，据别本改。

② 险韵：用难押的字或冷僻生疏的字作韵脚。

③ 扶头酒：指容易醉人的烈性酒。扶头，酒醉状，不是酒名。

④ 引：这里当生长解释。

清·沈雄《古今词话》：李易安"被冷香消新梦觉，不许愁人不起"，又"如今憔悴，风鬟霜鬓，怕见夜间出去"，杨用修以其寻常言语度入音律，殊为自然……易安之"清露晨流，新桐初引"，全用《世说》。若在稼轩，诸子百家，行间笔下，驱斥如意矣。

永遇乐（落日镕金）

落日镕金，暮云合璧，人在何处。染柳烟浓，吹梅笛怨①，春意知几许。元宵佳节，融和天气，次第岂无风雨②。来相召、香车宝马，谢他酒朋诗侣。中州盛日③，闺门多暇，记得偏重三五④。铺翠冠儿，捻金雪柳⑤，簇带争济楚⑥。如今憔悴，风鬟霜鬓，怕见夜间出去。

① "吹梅"句：汉《横吹曲》有笛曲《梅花落》，吹时声音幽怨。

② 次第：转眼间；接着。

③ 中州：河南，因为它是古代九州之中。这里借指汴京。

④ 三五：古人常称阴历十五为"三五"。这里指元宵节。

⑤ "铺翠"两句：都是元宵应时装饰。

不如向、帘儿底下，听人笑语。

⑥簇带：头上插戴许多装饰物。宋时方言。

评注

清·谢章铤《赌棋山庄词话》：李易安落日暮云，虑周而藻密。综述性灵，敷写气象，盖骎骎乎大雅之林矣。

明·杨慎《词品》：辛稼轩词"泛菊杯深，吹梅角暖"，盖用易安"染柳烟轻，吹梅笛怨"也。然稼轩改数字更工，不妨袭用。不然，岂盗狐白裘手邪？

浣溪沙（髻子伤春慵更梳）

髻子伤春慵更梳①，晚风庭院落梅初。淡云来往月疏疏。　　玉鸭熏炉闲瑞脑②，朱樱斗帐掩流苏③。遗犀还解辟寒无④。

① 慵：《花草粹编》作"慵"，《历代名媛词》作"恼"。

② 玉鸭熏炉：玉制（或白瓷制）的点燃熏香的鸭形香炉。熏炉形状各式各样，有麒麟形、狮子形、鸭子形等；质料也有金、黄铜、黄铜、铁、玉、瓷等。瑞脑：一种香料名。

③ 朱樱斗帐：斗帐，覆斗形的帐子。流苏：帐子下垂的穗儿，一般用五色羽毛或彩线盘结而成。

④ 遗：应为"通"之误。犀：犀牛的角。

评注

清·谭献《复堂词话》：易安居士独此篇有唐调，选家炉冶，遂标此奇。

李
邴
（一首）

李邴（1085—1146），字汉老，号龙龛居士，济州任城（今山东济宁）人。崇宁五年（1106年）举进士第，累迁翰林学士。高宗即位，擢兵部侍郎，兼直学士院。苗傅、刘正彦反，邴谕以逆顺祸福之理，且密劝殿帅王元，俾以禁旅击贼。后为资政殿学士，上战阵、守备、措画、绥怀各五事，不报。去世后，谥"文敏"。著有《草堂集》，现存词8首。

汉宫春（潇洒江梅）

潇洒江梅，向竹梢疏处，横两三枝。东君也不爱惜，雪压霜欺。无情燕子，怕春寒、轻失花期。却是有，年年塞雁，归来曾见开时。

清浅小溪如练，问玉堂何似①，茅舍疏篱。伤心故人去后，冷落新诗。微云淡月，对江天、分付他谁。空自忆，清香未减，风流不在人知。

① 玉堂：泛指富贵人家华美高贵的住宅。

评注

清·陈廷焯《白雨斋词话》：宋李汉老有"问玉堂何似，茅舍疏篱"之句，一时脍炙人口。然此语亦似雅而俗。

明·沈际飞《草堂诗余续集》：话头好。渊然。

清·许昂霄《词综偶评》：圆美流转，何减美成。

鲁逸仲（一首）

鲁逸仲是孔夷的隐名，生卒年不详，字方平，号三楼，汝州龙兴（今河南宝丰）人，北宋哲宗年间著名的词人、书法家和隐士。孔夷深受父亲孔旼的影响，终生不求仕进，唯以诗酒自娱。隐居滍阳（今河南），与李廌为诗酒侣，自号滍皋渔父。同时，与李荐、刘攽、韩维为友。黄升赞其"词意婉丽，似万俟雅言"（《花庵词选》）。《全宋词》录其词3首。

南浦·旅怀

风悲画角①，听单于、三弄落谯门②。投宿骎骎征骑③，飞雪满孤村。酒市渐阑灯火，正敲窗、乱叶舞纷纷。送数声惊雁，乍离烟水，嘹唳度寒云④。　　好在半胧淡月，到如今、无处不消魂。故国梅花归梦⑤，愁损绿罗裙⑥。为问暗香闲艳，也相思、万点付啼痕。算翠屏应是，两眉余恨倚黄昏。

① "风悲"句：寒风中传来号角悲凉的声音。

② "听单（chán）于"句：城楼上反复吹奏着《单于》曲。

③ 骎（qīn）骎：马飞跑的样子。

④ 嘹唳（lì）：高空鸟鸣声。

⑤ "故国"句：《梅花》曲引起思归的梦想。

⑥ "愁损"句：想起家里的爱人便愁坏了。绿罗裙：这里指穿绿罗裙的人。

评注

明·李攀龙《草堂诗余隽》：上是旅思凄凉之景况，下是故乡怀望之神情。

清·黄氏《蓼园词评》：细玩词中语意，似亦经靖康乱后作也。第词旨含蓄，耐人寻味。

蔡伸（1088—1156），字伸道，号友古居士，莆田（今属福建）人，蔡襄孙，政和五年（1115年）进士。宣和年间，出知潍州北海县、通判徐州。赵构以康王开大元帅幕府，蔡伸间道谒军门，留置幕府。南渡后，通判真州，除知滁州。秦桧当国，以赵鼎党被罢，主管台州崇道观。绍兴九年（1139年），起知徐州，改知德安府。后为浙东安抚司参谋官，提举崇道观。少有文名，擅书法，得祖襄笔意。工词，与向子諲同官彭城漕属，屡有酬赠。有《友古居士词》，现存词175首。

苏武慢（雁落平沙）

雁落平沙，烟笼寒水，古垒鸣笳声断。青山隐隐，败叶萧萧，天际暝鸦零乱。楼上黄昏，片帆千里归程，年华将晚。望碧云空暮，佳人何处，梦魂俱远。　　忆旧游、邃馆朱扉①，小园香径，尚想桃花人面②。书盈锦轴，恨满金徽③，难写寸心幽怨。两地离愁，一尊芳酒凄凉，危阑倚遍。尽迟留、凭仗西风，吹干泪眼。

① 邃馆：深馆；深深的庭院。

② 桃花人面：典出崔护的《题都城南庄》："去年今日此门中，人面桃花相映红。人面不知何处去，桃花依旧笑春风。"此处借此诗意怀念红粉佳人。

③ 金徽：金色的琴徽。

> 评注

清·冯煦《蒿庵论词》：考其所作，不独《菩萨蛮》"花冠鼓翼"一首，雅近南唐；即《蓦山溪》之"孤城莫角"、《点绛唇》之"水绕孤城"诸调，与《苏武慢》之前半，亦几几入清真之室。

柳梢青（数声鹈鴂）

数声鹈鴂①，可怜又是、春归时节。满院东风，海棠铺绣，梨花飘雪。　　丁香露泣残枝，算未

① 鹈鴂：杜鹃鸟。

比、愁肠寸结。自是休文[2]，多情多感，不干风月。

② 休文：南朝梁沈约，字休文。此人因仕途不顺而精神抑郁，形体消瘦。

评注

清·邹祇谟《远志斋词衷》:《花庵》不选姑溪（李之仪）、友古（蔡伸）词，古来名作散佚，或其佳处而不传，或传者未必尽佳，正贺黄公所谓文之所在，不必名之所在也。

陈与义（二首）

陈与义（1090—1138），字去非，号简斋。其先祖居京兆（今陕西西安），自曾祖陈希亮从眉州迁居洛阳，故为洛（今河南洛阳）人。北宋末、南宋初年的杰出诗人，诗尊杜甫，前期清新明快，后期雄浑沉郁。同时，工于填词，别具风格，豪放处尤近于苏轼，语意超绝，笔力横空，疏朗明快，自然浑成。著《简斋集》，现存词十余首。

临江仙（高咏楚词酬午日）

高咏楚词酬午日，天涯节序匆匆①。榴花不似舞裙红②。无人知此意，歌罢满帘风。　　万事一身伤老矣，戎葵凝笑墙东③。酒杯深浅去年同。试浇桥下水，今夕到湘中④。

① 节序：节令。

② 榴花：指石榴花。

③ 戎葵：即蜀葵，夏日开花，花开五色，似木槿，有向阳特性。凝笑：长时间含笑。

④ 湘中：湘江水中。这里指屈原殉难处。

评注

金·元好问《自题乐府引》：世所传乐府多矣，如……陈去非《怀旧》云："忆昔午桥桥下（应作上）饮……"又云"高咏楚词酬午日……"如此等类，诗家谓之言外句。含咀之久，不传之妙，隐然眉睫间，惟具眼者乃能赏之。

临江仙·夜登小阁忆洛中旧游

忆昔午桥桥上饮①，坐中多是豪英。长沟流月去无声。杏花疏影里，吹笛到天明。　　二十余年如一梦，此身虽在堪惊。闲登小阁看新晴②。古今多少事，渔唱起三更③。

① 午桥：地名，在今河南洛阳。唐裴度曾在此建别墅。

② 新晴：新雨初晴。

③ "古今"两句：古往今来多少事，只有付与夜半渔人当作歌唱罢了。

105

【评注】

　　清·黄氏《蓼园词评》："长沟流月"，即"月涌大江流"之意。言自去滔滔，而兴会不歇。首一阕是忆旧，至第二阕则感怀也。

　　清·许昂霄《词综偶评》：神到之作，无容拾袭，渔隐称为清婉奇丽，玉田称为自然而然，不虚也。

张元幹（二首）

张元幹（1091—约1170），字仲宗，号芦川居士、真隐山人，晚年自称芦川老隐，芦川永福（今福建永泰）人。历任太学上舍生、陈留县丞。金兵围汴，秦桧当国时，入李纲麾下，坚决抗金，力谏死守。曾赋《贺新郎》词赠李纲，秦桧闻此事，以他事追赴大理寺除名削籍。后漫游江浙等地，客死他乡，归葬闽之螺山。张元幹与张孝祥合称南宋初期"词坛双璧"。

石州慢（寒水依痕）

寒水依痕，春意渐回，沙际烟阔。溪梅晴照生香，冷蕊数枝争发。天涯旧恨，试看几许消魂？长亭门外山重叠。不尽眼中青，是愁来时节。　　情切。画楼深闭，想见东风，暗消肌雪①。孤负枕前云雨②，尊前花月。心期切处，更有多少凄凉，殷勤留与归时说。到得却相逢，恰经年离别。

① 肌雪：指人的皮肤洁白如雪。
② 孤负：同"辜负"。

【评注】

清·黄氏《蓼园词评》：此亦天涯落漠，望远思家之作耳。……不肯附秦桧之和议可知矣。际国事孔棘之时，因思同心之友，远谪异域，此心之所以耿耿也。起首六语，是望天意之回。寒枝竞发，是望谪者复用也。"天涯旧恨"至"时节"，是目望中原又恐不明也。想见东风消肌雪，是远念同心者，应亦瘦损也。负枕前云雨，是借夫妇以喻朋友也。因送友而除名，不得已而托于思家，意亦苦矣。

兰陵王（卷珠箔）

卷珠箔①，朝雨轻阴乍阁②。阑干外、烟柳弄晴，芳草侵阶映红药③。东风妒花恶，吹落梢头嫩萼。

① 珠箔(bó)：珠帘。
② "朝雨"句：晨雨已停，渐渐开朗。乍阁：初停。阁，通"搁"。

屏山掩、沉水倦熏④，中酒心情怯杯勺。　　寻思旧京洛，正年少疏狂，歌笑迷著。障泥油壁催梳掠⑤，曾驰道同载，上林携手⑥，灯夜初过早共约⑦，又争信飘泊⑧？寂寞，念行乐。甚粉淡衣襟⑨，音断弦索，琼枝璧月春如昨⑩。怅别后华表，那回双鹤。相思除是，向醉里、暂忘却。

③ 红药：芍药花。

④ 屏山：屏风。沉水：香料。

⑤ 障泥：这里指马。油壁：油漆涂饰车壁。指华丽的车子。

⑥ 上林：秦汉时皇帝的花园，在长安以西。

⑦ "灯夜"句：刚过元宵节，又约好继续游乐的时间。

⑧ "又争信"句：又怎能想到京师沦陷，要过漂泊的生活呢？

⑨ 粉淡衣襟：衣襟上的脂粉气消失了。表示和美女分别已久。

⑩ 琼枝璧月：花好如玉，月圆如镜。

评注

明·李攀龙《草堂诗余隽》：上是酒后见春光，中是约后误佳期，下是相思乃梦中。又：此词虽分三段，其实一贯。道及春光易度，果是人生梦中，安得多错去。

岳飞（一首）

岳飞（1103—1142），字鹏举，宋相州汤阴县（今河南安阳汤阴县）人，南宋抗金名将，中国历史上著名的军事家、战略家、民族英雄，位列"南宋中兴四将"之一。他于北宋末年投军，从1128年遇宗泽起到1141年的十余年间，率领岳家军同金军进行了大小数百次战斗，所向披靡，"位至将相"。1140年，完颜兀术毁盟攻宋。岳飞挥师北伐，先后收复郑州、洛阳等地，又于郾城、颍昌大败金军，进军朱仙镇。宋高宗、秦桧却一意求和，以十二道"金字牌"下令退兵。在宋金议和过程中，岳飞遭受秦桧、张俊等人的诬陷，被捕入狱。1142年1月，岳飞以"莫须有"的"谋反"罪名，与长子岳云和部将张宪同被杀害。宋孝宗时，岳飞冤狱被平反，改葬于西湖畔栖霞岭。追谥"武穆"，后又追谥"忠武"，封鄂王。

满江红（怒发冲冠）

怒发冲冠①，凭阑处、潇潇雨歇②。抬望眼、仰天长啸③，壮怀激烈。三十功名尘与土，八千里路云和月。莫等闲、白了少年头，空悲切。　　靖康耻④，犹未雪。臣子恨，何时灭。驾长车，踏破贺兰山缺⑤。壮志饥餐胡虏肉，笑谈渴饮匈奴血。待从头、收拾旧山河，朝天阙⑥。

① "怒发"句：愤怒得头发竖起，顶了帽子。

② 潇潇：骤急的雨势。

③ 抬望眼：抬头远望。

④ 靖康耻：宋钦宗靖康二年（1127年），金兵攻陷汴京，掳走徽、钦二帝。

⑤ 长车：兵车。贺兰山：山名，在今宁夏。

⑥ 朝天阙：朝见皇帝。天阙，皇帝住的地方。

评注

清·陈廷焯《云韶集》：何等气概，何等志向！千载下读之，凛凛有生气焉。"莫等闲"二语，当为千古箴铭。

清·丁绍仪《听秋声馆词话》：至寓议论于协律宫，尤觉激昂慷慨，读之色舞。

徐伸 (一首)

徐伸，生卒年不详，约宋徽宗政和初前后在世，字干臣，三衢（今浙江衢州）人。政和初，以知音律为太常典乐。出知常州。善词，有《青山乐府》一卷，《花庵词选》以《二郎神》一曲闻名天下。

二郎神（闷来弹鹊）

闷来弹鹊，又搅碎、一帘花影。漫试著春衫，还思纤手，熏彻金猊烬冷①。动是愁端如何向？但怪得、新来多病。嗟旧日沈腰②，如今潘鬓③，怎堪临镜。　　重省。别时泪湿，罗衣犹凝④。料为我厌厌，日高慵起，长托春酲⑤未醒。雁足不来⑥，马蹄难驻，门掩一庭芳景。空伫立，尽日阑干倚遍，昼长人静。

① 金猊：狮形的铜香炉。

② 沈腰：《南史·沈约传》记载，沈约给友人的书信中写自己形容消瘦，写有"老病百日数旬，革带常应移孔"。此处以"沈腰"指消瘦之态。

③ 潘鬓：晋人潘岳中年鬓发初白。此处喻衰老。

④ 凝：凝结。

⑤ 酲（chéng）：醉后困倦。

⑥ 雁足：雁足传书。见《汉书·苏武传》，将书信缚在大雁足上传递。

评注

清·王闿运《湘绮楼词选》：妙手偶得之作。

清·许昂霄《词综偶评》：此作多说别后情事，起句从"举头闻鹊喜"翻出。

韩元吉（二首）

韩元吉（1118—1187），字无咎，号南涧，开封雍邱（今河南开封）人，一作许昌（今属河南）人。南宋词人，其词多抒发山林情趣，如《柳梢青》"云淡秋云"、《贺新郎》"病起情怀恶"等。著《南涧甲乙稿》《南涧诗余》，现存词80余首。

六州歌头（东风著意）

东风著意，先上小桃枝。红粉腻，娇如醉，倚朱扉。记年时，隐映新妆面，临水岸，春将半，云日暖，斜桥转，夹城西。草软莎①平，跋马②垂杨渡，玉勒争嘶。认蛾眉，凝笑脸，薄拂燕脂。绣户曾窥，恨依依。　　共携手处，香如雾，红随步，怨春迟。消瘦损，凭谁问？只花知，泪空垂。旧日堂前燕，和烟雨，又双飞。人自老，春长好，梦佳期。前度刘郎，几许风流地，花也应悲。但茫茫暮霭，目断武陵溪③，往事难追。

① 莎（suō）：草名。

② 跋马：驰马。

③ 武陵溪：溪水名。此处借用陶渊明的《桃花源记》的典故。

评注

宋·程大昌《演繁露》：《六州歌头》，本鼓吹曲也。近世好事者倚其声为吊古词，音调悲壮，又以古兴亡事实文之。闻其歌，使人慷慨，良不与艳词同科，诚可喜也。

宋·黄昇《花庵词选》：南涧名家，文献、政事、文学，为一代冠冕。

好事近·汴京赐宴①闻教坊乐②有感

凝碧旧池头③，一听管弦凄切。多少梨园声在④，总不堪华发⑤。　杏花无处避春愁，也傍野烟发。惟有御沟声断⑥，似知人呜咽。

① "汴京"句：这时汴京已为金都，金在此设宴招待南宋使节。

② 教坊乐：原属宋朝的教坊音乐。教坊，皇家的音乐班子。

③ "凝碧"句：凝碧池在唐东都洛阳神都苑内。此处指故国旧景。

④ 梨园声在：还能听到北宋遗留下来的乐曲之声。梨园，传习声乐的地方。

⑤ 不堪华发：禁不住迟暮之感。

⑥ 御沟：流经皇宫的河道。

评注

唐圭璋《唐宋词简释》：起言地，继言人；地是旧地，人是旧人，故一听管弦，即怀想当年，凄动于中。

田 为（一首）

田为，生卒年不详，字不伐，籍里无考。善琵琶，通音律。政和末，充大晟府典乐。宣和元年（1119 年）罢典乐，为乐令。田为才思与万俟咏抗衡，词善写人意中事，杂以俗言俚语，曲尽要妙。尝出含三个词牌的联语"玉蝴蝶恋花心动"，天下无能对者。《全宋词》存词 6 首，有《芊呕集》。

江神子慢（玉台挂秋月）

玉台挂秋月。铅素浅、梅花傅香雪。冰姿洁。金莲衬、小小凌波罗袜①。雨初歇，楼外孤鸿声渐远，远山外、行人音信绝。此恨对语犹难，那堪更寄书说。　教人红消翠减，觉衣宽金缕，都为轻别。太情切。消魂处、画角黄昏时节，声呜咽。落尽庭花春去也，银蟾迥、无情圆又缺②。恨伊不似余香，惹鸳鸯结。

① 金莲：指旧时女子缠裹的小脚。
② 银蟾：月亮。迥：遥远。

评注

宋·王灼《碧鸡漫志》：田中行极能写人意中事，杂以鄙俚，曲尽要新，当在万俟雅言之右。然庄语辄不佳。

李重元（一首）

李重元（约1122年前后在世）。南宋黄升编《花庵词选》及《全宋词》收其《忆王孙》词4首，分别咏春、夏、秋、冬四季。《婉约词》中收2首。

忆王孙（萋萋芳草忆王孙）

萋萋芳草忆王孙①，柳外楼高空断魂，杜宇声声不忍闻②。欲黄昏，雨打梨花深闭门。

① 萋萋：草盛貌。

② 杜宇：子规鸟。

评注

清·黄氏《蓼园词评》：高楼望远，"空"字已凄恻，况闻杜宇乎？末句尤比兴深远，言有尽而意无穷。

陆游（三首）

陆游（1125—1210），字务观，号放翁，越州山阴（今浙江绍兴）人，南宋文学家、史学家、爱国诗人。陆游生逢北宋灭亡之际，少年时即深受家庭爱国思想的熏陶。宋高宗时，参加礼部考试，因受秦桧排斥而仕途不畅。宋孝宗即位后，赐进士出身，历任福州宁德县主簿、敕令所删定官、隆兴府通判等职，因坚持抗金，屡遭主和派排斥。乾道七年（1171年），应四川宣抚使王炎之邀，投身军旅，任职于南郑幕府。次年，幕府解散，陆游奉诏入蜀，与范成大相知。宋光宗继位后，升为礼部郎中兼实录院检讨官，不久即因"嘲咏风月"罢官归居故里。嘉泰二年（1202年），宋宁宗诏陆游入京，主持编修孝宗、光宗《两朝实录》和《三朝史》，官至宝章阁待制。书成后，陆游长期蛰居山阴。去世前，留绝笔《示儿》。陆游一生笔耕不辍，诗词文都有很高成就，以饱含的爱国热情对后世影响深远。

卜算子·咏梅

驿外断桥边，寂寞开无主。已是黄昏独自愁，更著风和雨①。无意苦争春，一任群芳妒②。零落成泥碾作尘，只有香如故。

① 更著（zhuó）：又加上；又遭到。
② 一任：任凭。

评注

明·卓人月《古今词统》：末句想见劲节。

明·沈际飞《草堂诗余续集》：排涤陈言，大为梅誉。

渔家傲·寄仲高

东望山阴何处是①？往来一万三千里。写得家书空满纸。流清泪，书回已是明年事。　寄语红桥桥下水②，扁舟何日寻兄弟③？行遍天涯真老矣。愁无寐④，鬓丝

① 山阴：今浙江绍兴市，陆游的家乡。
② 红桥：又名虹桥，在山阴近郊。
③ 扁舟：小船。
④ 愁无寐：愁中失眠。

几缕茶烟里⑤。

⑤ 鬓丝：形容鬓发斑白而稀疏。

茶烟：煮茶时冒出的水气。

评注

清·冯煦《宋六十一家词选·例言》：剑南屏除纤艳，独往独来，其遒峭沉郁之概，求之有宋诸家，无可方比。

定风波·进贤道上见梅赠王伯寿

敧帽垂鞭送客回，小桥流水一枝梅。衰病逢春都不记，谁谓？幽香却解逐人来。　　安得身闲频置酒，携手，与君看到十分开。少壮相从今雪鬓，因甚？流年羁恨①两相催。

① 羁恨：旅途之苦。

评注

明·杨慎《词品》：放翁词纤丽处似淮海，雄慨处似东坡。

范成大（三首）

范成大（1126—1193），字至能，一字幼元，早年自号此山居士，晚号石湖居士，平江府吴县（今江苏苏州）人，南宋名臣、文学家、诗人。去世后，加赠少师、崇国公，谥号"文穆"，后世遂称其为"范文穆"。范成大素有文名，尤工于诗。他从江西派入手，后学习中、晚唐诗，继承白居易、王建、张籍等诗人新乐府的现实主义精神，终于自成一家。风格平易浅显、清新妩媚。诗题材广泛，以反映农村社会生活内容的作品成就最高。与杨万里、陆游、尤袤合称南宋"中兴四大诗人"。其作品在南宋末年即产生显著影响，到清初影响更大，有"家剑南而户石湖"的说法。著《石湖集》《揽辔录》《吴船录》《吴郡志》《桂海虞衡志》等。

忆秦娥（楼阴缺）

楼阴缺，阑干影卧东厢月。东厢月，一天风露，杏花如雪。隔烟催漏金虬咽①，罗帏黯淡灯花结②。灯花结，片时春梦，江南天阔。

① 金虬（qiú）：铜制的龙。装在漏壶上为计时用。

② 灯花：油灯灯芯的余烬，爆成花形，古人以为吉利。

评注

清·郑文焯《绝妙好词校录》：范石湖《忆秦娥》"片时春梦，江南天阔"二语，乃用岑嘉州"枕上片时春梦中，行尽江南数千里"诗意，盖隐括余例也。

醉落魄（栖乌飞绝）

栖乌飞绝，绛河绿雾星明灭。烧香曳簟眠清樾①。花影吹笙，满地淡黄月。　　好风碎竹声如雪，昭华②三弄临风咽。鬓丝撩乱纶巾折。凉满北窗，休共软红③说。

① 樾（yuè）：树荫。

② 昭华：古代乐器名。

③ 软红：指俗世繁华，代指追逐功名利禄的人。

俞陛云《词境浅说》:"淡黄月"句已颇清新,更有吹笙人在花影中,风情绝妙。近人鸥堂词"月要被他,愁作酒般黄",着意描写,不若"满地淡黄月"五字融浑。

霜天晓角（晚晴风歇）

晚晴风歇,一夜春威折①。脉脉花疏天淡②,云来去、数枝雪。

胜绝③,愁亦绝。此情谁共说。惟有两行低雁,知人倚、画楼月。

① 春威:初春的寒威。俗谓"到春寒"。

② 脉脉:深含感情的样子。

③ 胜绝:景色极美,人也极愁苦。

俞陛云《唐五代两宋词选释》:此调末二句最为擅胜,若言倚楼人托孤愁于征燕,便落恒蹊。此从飞雁所见,写倚楼之人,语在可解不可解之间。词家之妙境,所谓如絮浮水,似沾非著也。

曹组，生卒年不详，字彦章，改字元宠，颍昌（今河南许昌）人，一说阳翟（今河南禹州）人。北宋词人，曾官睿思殿应制，因占对才敏，深得宋徽宗宠幸，奉诏作《艮岳百咏》诗。曹组的词以"侧艳"和"滑稽下俚"著称，在北宋末曾传唱一时，浅薄无聊者纷纷仿效。但在南宋初却受到有识者的批评，甚至鄙弃。一些词描写其羁旅生活，感受真切，境界颇为深远，无论手法、情韵，都与柳永词有继承关系。存词36首。

蓦山溪·梅

洗妆真态，不作铅华御。竹外一枝斜，想佳人、天寒日暮。黄昏院落，无处著清香，风细细，雪垂垂，何况江头路。　　月边疏影，梦到消魂处。结子欲黄时，又须作、廉纤细雨[①]。孤芳一世，供断有情愁，消瘦损，东阳也[②]，试问花知否？

① 廉纤：细微；纤细。

② 东阳：这里指南朝梁沈约。他曾为东阳守，故称"东阳"。

评注

宋·沈际飞《草堂诗余正集》：微思远致，愧黏题装饰者，结句自清俊脱尘。

明·杨慎《词品》：曹元宠《梅词》"竹外一枝斜，想佳人、天寒日暮"，用东坡"竹外一枝斜更好"之句也。徽宗时禁苏学，元宠又近幸之臣，而暗用苏句，其所谓掩耳盗铃者。噫，奸臣丑正恶直，徒为劳耳。

晁冲之（一首）

晁冲之，生卒年不详，字叔用，早年字用道，济州钜野（今山东巨野）人，北宋江西派诗人。晁氏是北宋名门、文学世家，晁冲之的堂兄晁补之、晁说之、晁祯之都是当时有名的文学家。晁冲之早年师从陈师道。绍圣初，党争剧烈，兄弟辈多人遭谪贬放逐，他便在阳翟（今河南禹县）具茨山隐居，自号具茨。十多年后回到汴京，当权者欲加任用，拒不接受。终生不恋功名，授承务郎。他同吕本中为知交，来往密切。晁冲之在词作方面有一定成就。《汉宫春》等词构思新奇，世人评价较高。赵万里辑有《晁叔用词》，唐圭璋据以收入《全宋词》。

临江仙（忆昔西池池上饮）

忆昔西池池上饮①，年年多少欢娱。别来不寄一行书，寻常相见了②，犹道不如初。　　安稳锦衾今夜梦③，月明好渡江湖。相思休问定何如④，情知春去后⑤，管得落花无。

① 西池：北宋汴京金明池。当时为贵族游玩之所。

② 寻常：平时；平常。

③ 安稳：布置稳当。锦衾：锦缎被子。

④ 何如：问安语。

⑤ 情知：深知；明知。

评注

清·许昂霄《词综偶评》：淡语有深致，咀之无穷。

廖世美（一首）

廖世美，生卒年不详，是生活于南北宋之交的一位词人，据传是安徽省东至县廖村人。现存词2首，均见于《唐宋诸贤绝妙词选》。

烛影摇红·题安陆浮云楼①

霭霭春空，画楼森耸凌云渚。紫薇登览最关情②，绝妙夸能赋。惆怅相思迟暮。记当日、朱阑共语。塞鸿难问，岸柳何穷，别愁纷絮。　催促年光，旧来流水知何处？断肠何必更残阳，极目伤平楚③。晚霁波声带雨。悄无人、舟横野渡④。数峰江上，芳草天涯，参差烟树。

① 安陆：地名，在今湖北。

② 紫薇：这里指杜牧。唐代中书省又称"紫薇省"。杜牧晚年曾任中书舍人，人称"杜紫薇"。

③ 平楚：登高远望，所见者齐平树梢。楚，丛木。

④ 舟横野渡：引韦应物的《滁州西涧》之"春潮带雨晚来急，野渡无人舟自横"之意。

评注

清·况周颐《蕙风词话》："塞鸿难问，岸柳何穷，别愁纷絮"，神来之笔，即已佳矣。换头云："催促年光，旧来流水知何处？断肠何必更残阳，极目伤平楚。晚霁波声带雨。悄无人、舟横古渡。"语淡而情深，令子野、太虚辈为之，容或未必能到。此等词一再吟诵，辄沁人心脾，毕生不能忘。

万俟咏（一首）

万俟咏，生卒年不详，字雅言，自号词隐、大梁词隐。北宋末南宋初词人，哲宗元祐时已以诗赋见称于时。据王灼《碧鸡漫志》记载，万俟咏为"元祐时诗赋老手"。但屡试不第，于是绝意仕进，纵情歌酒。徽宗政和初年，召试补官，授大晟府制撰。绍兴五年（1135年），补任下州文学。善工音律，能自度新声。词学柳永，存词27首。

三台·清明应制

见梨花初带夜月，海棠半含朝雨。内苑春、不禁过青门①，御沟涨、潜通南浦。东风静、细柳垂金缕。望凤阙、非烟非雾。好时代、朝野多欢，遍九陌、太平箫鼓②。

乍莺儿百啭断续，燕子飞来飞去。近绿水、台榭映秋千，斗草聚、双双游女。饧香更、酒冷踏青路③。会暗识、夭桃朱户④。向晚骤、宝马雕鞍，醉襟惹、乱花飞絮。

正轻寒轻暖漏永⑤，半阴半晴云暮。禁火天、已是试新妆，岁华到、三分佳处。清明看、汉蜡传宫炬。散翠烟、飞入槐府⑥。敛兵卫、阊阖门开⑦，住传宣、又还休务⑧。

① 青门：汉长安东城门。此处泛指京城城门。

② 九陌：京城的大道。

③ 饧（táng）：麦芽糖。

④ 夭桃朱户：典出崔护的《题都城南庄》："去年今日此门中，人面桃花相映红。人面不知何处去，桃花依旧笑春风。"

⑤ 漏永：指夜长。

⑥ 槐府：贵人宅第门前种槐，故称"槐府"。

⑦ 阊阖：宫门。

⑧ 休务：宋人称办公休止为"休务"。

评注

宋·黄昇《花庵词选》：雅言之词，词之圣者也。发妙音于律吕之中，运巧思于斧凿之外，平而工，和而雅，比诸刻琢句意而求精丽者，远矣。

张孝祥（一首）

张孝祥（1132—1170），字安国，别号于湖居士，历阳乌江（今安徽和县乌江镇）人。南宋著名词人、书法家，唐代诗人张籍的七世孙。善诗文，尤工于词，其风格宏伟豪放，为"豪放派"代表之一。有《于湖居士文集》《于湖词》等传世。

六州歌头（长淮望断）

长淮望断，关塞莽然①平。征尘暗，霜风劲，悄边声。黯消凝②。追想当年事，殆天数，非人力。洙泗上③，弦歌地④，亦膻腥⑤。隔水毡乡⑥，落日牛羊下，区脱纵横⑦。看名王宵猎⑧，骑火一川明。笳鼓悲鸣，遣人惊。　　念腰间箭，匣中剑，空埃蠹⑨，竟何成。时易失，心徒壮，岁将零。渺神京，干羽方怀远⑩，静烽燧⑪，且休兵。冠盖使，纷驰骛⑫，若为情⑬。闻道中原遗老，常南望、翠葆霓旌⑭。使行人到此，忠愤气填膺，有泪如倾。

① 莽然：草木茂盛的样子。

② 黯消凝：伤怀；伤神。黯，精神颓丧的样子。

③ 洙泗：洙水和泗水，均流经山东曲阜。

④ 弦歌：这里指礼乐。

⑤ 膻（shān）腥：牛羊的腥臊气。

⑥ "隔水"：一水之隔，对岸就是毡乡。北方少数民族住在毡帐里，故称"毡乡"。此处指金兵占领的地方。

⑦ 区脱：土室。汉时匈奴筑土室以守边，此处指敌人的兵营。

⑧ 名王：指金兵的主将。

⑨ 空埃蠹（dù）：白白地被尘埃和蠹虫侵蚀坏了。

⑩ "干羽"句：用礼乐文化怀柔远方。此处指对敌妥协。

⑪ 烽燧：在高台上烧起烟火，报告敌兵来犯。

⑫ 驰骛（wù）：奔走。

⑬ 若为情：何以为情，即难为情之意。

⑭ 翠葆霓旌：翠羽装饰的车盖，像霓虹似的彩旗。这些都是帝王所用，借指王师。

123

宋词三百首

评注

清·刘熙载《艺概》：安国于建康留守席上赋《六州歌头》，致感重
臣罢席。然则词之兴观群怨，岂下于诗哉？

清·陈廷焯《白雨斋词话》：淋漓痛快，笔饱墨酣，读之令人起舞。
惟"忠愤气填膺"一句，提明忠愤，转浅转显，转无余味。或亦耸当途
之听，出于不得已耶。

辛弃疾（十首）

辛弃疾（1140—1207），原字坦夫，后改字幼安，号稼轩，山东东路济南府历城县（今山东济南市历城区遥墙镇四凤闸村）人。南宋豪放派词人、将领，有"词中之龙"之称。与苏轼合称"苏辛"，与李清照并称"济南二安"。

辛弃疾生于金国，少年抗金归宋，曾任江西安抚使、福建安抚使等职。著有《美芹十论》《九议》，条陈战守之策。由于与当政的主和派政见不合，后被弹劾落职，退隐山居。开禧北伐前后，相继被起用为绍兴知府、镇江知府、枢密都承旨等职。去世后，赠少师，谥号"忠敏"。辛弃疾一生以恢复为志，以功业自许，却命运多舛、备受排挤、壮志难酬。但他恢复中原的爱国信念始终没有动摇，而是把满腔激情和对国家兴亡、民族命运的关切、忧虑全部寄寓于词作之中。其词艺术风格多样，以豪放为主，风格沉雄豪迈又不乏细腻柔媚之处。题材广阔又善化用典故入词，抒写力图恢复国家统一的爱国热情，倾诉壮志难酬的悲愤，对当时执政者的屈辱求和颇多谴责。此外，也有不少吟咏祖国河山的作品。现存词 600 多首，有《稼轩长短句》传世。

贺新郎·别茂嘉十二弟

绿树听鹈鴂①，更那堪、鹧鸪声住②，杜鹃声切③。啼到春归无啼处，苦恨芳菲都歇。算未抵、人间离别。马上琵琶关塞黑，更长门、翠辇辞金阙，看燕燕，送归妾。　　将军百战身名裂，向河梁、回头万里，故人长绝。易水萧萧西风冷，满座衣冠似雪。正壮士、悲歌未彻。啼鸟还知如许恨，料不啼清泪长啼血，谁共我，醉明月。

① 鹈鴂(tíjué)：鸟名，鸣于暮春。

② 鹧鸪：鸟名，鸣声凄切。

③ 杜鹃：鸟名，相传为古蜀帝所化，鸣声哀切。

评注

近代·王国维《人间词话》：稼轩《贺新郎》词"送茂嘉十二弟"，

章法绝妙，而语语有境界，此能品而几于神者。然非有意为之，故后人不能学也。

贺新郎·赋琵琶

凤尾龙香拨[1]，自开元霓裳曲罢，几番风月。最苦浔阳江头客，画舸亭亭待发。记出塞、黄云堆雪。马上离愁三万里，望昭阳、宫殿孤鸿没。弦解语，恨难说。

辽阳驿使音尘绝，琐窗寒、轻拢慢捻，泪珠盈睫。推手含情还却手[2]，一抹梁州哀彻。千古事、云飞烟灭。贺老定场无消息[3]，想沉香亭北繁华歇。弹到此，为呜咽。

① 凤尾：琵琶。龙香拨：相传杨贵妃用龙香板弹拨琵琶。

② 推手：琵琶。

③ 定场：压场，犹言压轴戏。

评注

明·陈霆《渚山堂词话》：此篇用事最多，然圆转流丽，不为事所使，称是妙手。

水龙吟·登建康赏心亭[1]

楚天千里清秋，水随天去秋无际。遥岑远目，献愁供恨，玉簪螺髻。落日楼头，断鸿声里，江南游子。把吴钩看了[2]，阑干拍遍，无人会、登临意。　　休说鲈鱼堪脍，尽西风、季鹰归未？求田问舍，怕应羞见，刘郎才气。可惜流年，忧愁风雨，树犹如此[3]！倩何人，唤取[4]红巾翠袖[5]，揾英雄泪[6]？

① 建康：今南京。赏心亭：在建康下水门城上，是当时的登临游赏胜地。

② 吴钩：一种弯形的刀。因先是吴王阖闾命造，故称。

③ "树犹"句：东晋桓温北伐，途经金城，见当年植柳已有十围之粗，叹道："木犹如此，人何以堪？"

④ 倩：请。

⑤ "红巾"句：这里指歌女。

⑥ 揾（wèn）：拭。

俞陛云《唐五代两宋词选释》：前四句写登临所见，起笔便有浩荡之气。"落日"句以下，由登楼说到旅怀，而仍不说尽，仅以吴钩独看，略露其不平之气。下阕写旅怀，即使归去奇狮卜筑，而生平未成一事，亦羞见刘郎。"流年"二句以单句旋折，弥见激昂。结句言英雄之泪，未要人怜，倘揾以红巾，或可破颜一笑，极言其潦倒，仍不减其壮怀也。

摸鱼儿（更能消几番风雨）

淳熙己亥①，自湖北漕移湖南②，同官王正之置酒小山亭③，为赋。

更能消几番风雨④，匆匆春又归去。惜春长怕花开早，何况落红无数。春且住，见说道、天涯芳草无归路⑤。怨春不语。算只有殷勤，画檐蛛网，尽日惹飞絮。　　长门事⑥，准拟佳期又误，蛾眉曾有人妒。千金纵买相如赋，脉脉此情谁诉？君莫舞，君不见、玉环飞燕皆尘土⑦。闲愁最苦。休去倚危阑，斜阳正在，烟柳断肠处。

① 淳熙己亥：宋孝宗淳熙六年（1179）。这一年，辛弃疾由湖北转运副使调任湖南转运副使。

② 漕：漕司，即转运使，宋时主管钱粮贮存、运输的官吏。

③ 同官：同僚。

④ 更能消：再也经不起。消，经得住。

⑤ 见说道：听说是。

⑥ 长门事：传说汉武帝时，皇后陈阿娇一度失宠，以黄金百斤为酬，请司马相如写《长门赋》，以感悟武帝。

⑦ 玉环飞燕：比拟当权得势的小人。

近代·梁启超《饮冰室评词》：回肠荡气，至于此极。前无古人，后无来者。

清·沈祥龙《论词随笔》：感时之作，必借景以形之。如稼轩云："算只有殷勤，画檐蛛网，尽日惹飞絮。"同甫云："恨芳菲世界，游人未赏，都付与莺和燕。"不言正意，而言外有无穷感慨。

永遇乐·京口北固亭怀古

千古江山，英雄无觅、孙仲谋处①。舞榭歌台，风流总被雨打风吹去。斜阳草树，寻常巷陌，人道寄奴曾住②。想当年，金戈铁马，气吞万里如虎。　　元嘉草草③，封狼居胥④，赢得仓皇北顾。四十三年，望中犹记、烽火扬州路。可堪回首、佛狸祠下⑤，一片神鸦社鼓。凭谁问，廉颇老矣，尚能饭否？

① 孙仲谋：孙权字仲谋，三国时东吴国主。

② 寄奴：南朝宋武帝刘裕的小名。

③ "元嘉"句：指刘裕之子宋文帝刘义隆草率出兵北伐中原以致惨败的事。元嘉：宋文帝年号。

④ 狼居胥：汉武帝时，大将霍去病追击匈奴至狼居山。

⑤ 佛狸祠：太武帝小字佛狸，故其祠庙称"佛狸祠"。

评注

清·先著、程洪《词洁辑评释》：稼轩词中第一。发端便欲涕落，后段一气奔注，笔不得遏。廉颇自拟，慷慨壮怀，如闻其声。谓此词用人名多者，当是不解词味。（引杨慎评）

木兰花慢·滁州送范倅①

老来情味减，对别酒，怯流年。况屈指中秋，十分好月，不照人圆。无情水，都不管，共西风、只管送归船。秋晚莼鲈江上，夜深儿女灯前。　　征衫，便好去朝天，玉殿正思贤。想夜半承明②，留教视草③，却遣筹边。长安故人问我，道愁肠殢酒只依然④。目断秋霄落雁，醉来时响空弦。

① 范倅：指范昂。职务为副僚职，称"倅"。

② 承明：汉代宫中有承明庐，是侍臣轮流值班时住宿的地方。

③ 视草：为皇帝拟制诏书之稿。

④ 殢(tì)酒：沉溺于酒。

评注

俞陛云《唐五代两宋词选释》"风水无情"二句为送友言，离思黯然。即接以"秋晚"二句，为行人着想，乃极写家庭之乐。论句法，浑成而兼倜傥。下阕"长安"二句有唐人"归去朝端如有问，玉门关外老班超"诗意。结处言壮心未已，闻秋雁尚欲以虚弦下之，如北平飞将，老去犹思射虎也。

祝英台近（宝钗分）

宝钗分①，桃叶渡②，烟柳暗南浦③。怕上层楼，十日九风雨。断肠片片飞红，都无人管，更谁劝、啼莺声住？　鬓边觑，试把花卜归期，才簪又重数。罗帐灯昏，哽咽梦中语。是他春带愁来，春归何处？却不解、带将愁去。

① 宝钗分：将宝钗分开各执一股，以作离别纪念，是唐宋时情人分别时的习俗。

② 桃叶渡：在南京秦淮河与青溪合流处。

③ 南浦：泛指送别处。

评注

俞陛云《唐五代两宋词选释》：此借伤春以怀人，有徘徊宛转之思，刚柔兼擅之笔也。

宋·魏庆之《诗人玉屑》："宝钗分……。"此辛稼轩词也。风流妩媚，富于才情，若不类其为人矣。……盖其天才既高，如李白之圣于诗，无适而不宜，故能如此。

青玉案·元夕

东风夜放花千树，更吹落、星如雨。宝马雕车香满路。凤箫声动，玉壶光转①，一夜鱼龙舞。　蛾儿雪柳黄金缕，笑语盈盈暗香去②。众里寻他千百度，蓦然回首③，那人却在，灯火阑珊处④。

① 玉壶：月亮，也指玉制的灯。

② 盈盈：形容女子仪态美好。暗香：借指美人。

③ 蓦（mò）然：突然。

④ 阑珊：零落；将尽。

评注

清·彭孙遹《金粟词话》：稼轩"蓦然回首，那人却在，灯火阑珊处。"秦、周之佳境也。

鹧鸪天·鹅湖归病起作 ①

枕簟溪堂冷欲秋 ②，断云依水晚来收。红莲相倚浑如醉，白鸟无言定自愁。　　书咄咄 ③，且休休 ④，一丘一壑也风流。不知筋力衰多少，但觉新来懒上楼。

① 鹅湖：山名,在今江西铅山东北。
② 簟：竹席。溪堂：水边的楼台亭阁。
③ 咄咄：表示失意的感叹。
④ 休休：退休；安闲自得的样子。

评注

清·陈廷焯《白雨斋词话》：余所爱者，如"红莲相倚浑如醉，白鸟无言定自愁。"又，"不知筋力衰多少，但觉新来懒上楼。"……之类，信笔写去，格调自苍劲，意味自沉厚，不必剑拔弩张，洞穿已过七札，斯为绝技。

清·黄氏《蓼园词评》：其有《匪风》《下泉》之思乎？可以悲其志矣。妙在结二句放开写，不即不离尚含住。

明·沈际飞《草堂诗余正集》：生派愁怨与花鸟，却自然。

菩萨蛮·书江西造口壁 ①

郁孤台下清江水 ②，中间多少行人泪。西北望长安，可怜无数山。　　青山遮不住，毕竟东流去。江晚正愁余 ③，山深闻鹧鸪 ④。

① 造口：皂口,地名。
② 郁孤台：地名,在今江西赣州西南。
③ 愁余：使我发愁。
④ 闻鹧鸪：鹧鸪鸟的叫声似"行不得也"。

评注

俞陛云《唐五代两宋词选释》：词仅四十四字，举怀人恋阙，望远思归，悉纳其中，而以清空出之，复一气旋折，深得唐贤消息。集中之高格也。

清·陈廷焯《云韶集》：血泪淋漓，古今让其独步。结二语号呼痛哭，音节之悲，至今犹隐隐在耳。

陈亮（一首）

陈亮（1143—1194），原名陈汝能，字同甫，号龙川，学者称为"龙川先生"。婺州永康（今浙江永康）人，南宋思想家、文学家。才气超迈，喜谈兵事。宋孝宗时，被婺州以解头荐。乾道五年（1169年），上《中兴五论》。淳熙五年（1178年），再诣阙上书，极论时事，反对和议，力主抗金。遭人嫉恨，两度入狱。淳熙十五年（1188年），第三次上书，建议由太子监军，驻节建康。宋光宗绍熙二年（1191年），被人诬告，第三次下狱。绍熙四年（1193年），被宋光宗亲擢为状元，授签书建康府判官公事，未及就任而逝。宋理宗时，追谥"文毅"。陈亮倡导经世济民的"事功之学"，提出"盈宇宙者无非物，日用之间无非事"。词作感情激越，风格豪放，显示其政治抱负。著有《龙川文集》《龙川词》等。

水龙吟（闹花深处层楼）

闹花深处层楼①，画帘半卷东风软。春归翠陌，平莎茸嫩②，垂杨金浅③。迟日催花④，淡云阁雨⑤，轻寒轻暖。恨芳菲世界，游人未赏，都付与、莺和燕。　　寂寞凭高念远，向南楼、一声归雁。金钗斗草⑥，青丝勒马⑦，风流云散。罗绶分香⑧，翠绡封泪⑨，几多幽怨。正消魂，又是疏烟淡月，子规声断。

① "闹花"句：楼台在闹花深处。闹花：盛开的花。

② "平莎"句：平原上一片嫩草。

③ 金浅：浅黄色。

④ "迟日"句：春天日子长了，好像在催促春花盛开。

⑤ "淡云"句：云淡雨停。阁，通"搁"。

⑥ "金钗"句：用金钗作斗草游戏。

⑦ "青丝"句：用青丝绳做马络头。

⑧ "罗绶"句：离别时，把香罗带送给爱人作纪念。

⑨ "翠绡"句：别后，翠巾里还残留着别时的泪痕。翠绡：翠色的丝巾。

评注

明·沈际飞《草堂诗余正集》：有能赏而不知者，有欲赏而不得者，有似赏而不真者。人不如莺也，人不如燕也。

袁去华
（三首）

袁去华，生卒年不详，字宣卿，江西奉新（一作豫章）人，宋高宗绍兴末前后在世。绍兴十五年（1145 年）进士，改官知石首县而卒。善为歌词，尝为张孝祥所称。著《适斋类稿》《袁宣卿词》，现存词 90 余首。

瑞鹤仙（郊原初过雨）

郊原初过雨。见败叶零乱，风定犹舞。斜阳挂深树。映浓愁浅黛，遥山眉妩。来时旧路，尚岩花、娇黄半吐。到而今，惟有溪边流水，见人如故。　　无语。邮亭深静①，下马还寻，旧曾题处。无聊倦旅。伤离恨，最愁苦。纵收香藏镜②，他年重到，人面桃花在否。念沉沉、小阁幽窗，有时梦去。

① 邮亭：古时设在路边，供送文书的人和旅客歇宿的馆舍。

② 收香藏镜：晋贾充之女贾午爱韩寿，以御赐西域奇香赠之；汉秦嘉妻徐淑赠秦嘉明镜。此处指将情人赠物收藏。

【评注】

薛砺若《宋词通论》：后来改之、后村虽先后均以辛派词人见称，然多失之嚣杂，有心规模稼轩，不如袁宣卿之作远甚。盖袁词均由肺腑中自然流露，至性至语，更觉真切动人也。

剑器近（夜来雨）

夜来雨。赖倩得①、东风吹住②。海棠正妖娆处。且留取。悄庭户。试细听、莺啼燕语。分明共人愁绪。怕春去。　　佳树。翠阴初转午③。重帘未卷，乍睡起、寂寞看风絮。偷弹清泪寄烟波④，见江头故人，为言憔悴如许。

① 赖：依靠。倩：请、托。

② 住：停止。

③ 翠阴：苏轼《贺新郎》："悄无人，桐阴转午，晚凉新淡。"

④ 偷弹：孟浩然《宿桐庐江寄广陵旧游》："还将两行泪，遥寄海西头。"此处化用其意。

彩笺无数⑤。去却寒暄，到了浑无定据⑥。断肠落日千山暮。

⑤彩笺：彩色的笺纸。常供题诗或书信用。

⑥到了：到信的结尾。浑无定据：没有一点确切的消息。

评注

龙榆生《唐宋词格律》:《剑器》，唐舞曲。杜甫有《观公孙大娘舞剑器行》。"近"为宋教坊曲体之一种，如《祝英台近》之类皆是。《宋史·乐志》:"教坊奏《剑器曲》，一属'中吕宫'，一属'黄钟宫'。"此当是截取《剑器曲》中之一段为之。九十六字，前片八仄韵，后片七仄韵。音节极低回掩抑。

安公子（弱柳千丝缕）①

弱柳千丝缕，嫩黄匀遍鸦啼处。寒入罗衣春尚浅②，过一番风雨。问燕子来时，绿水桥边路。曾画楼、见个人人否。料静掩云窗，尘满哀弦危柱。　庾信愁如许，为谁都著眉端聚。独立东风弹泪眼，寄烟波东去。念永昼春闲③，人倦如何度。闲傍枕、百啭黄鹂语。唤觉来厌厌，残照依然花坞。

①《安公子》：原唐教坊曲名，后用作词调名。

②罗衣：轻软丝织品制成的衣服。

③永昼：昼永，日长之意。永，长。春闲，春日闲寂无聊，觉得天长难以打发。

评注

唐圭璋《唐宋词简释》:此首怀人，以景起，以景结，前后照应。中间曲折婉转，情意深厚;语言生动挺拔，笔妙如环。开头写弱柳匀黄……"独立"两句，言寄泪归去，尤见相忆之深。

陆淞（一首）

陆淞（约1147年前后在世），字子逸，号云溪，山阴（今属山西）人，陆佃之孙，陆游胞兄。

瑞鹤仙（脸霞红印枕）

脸霞红印枕。睡觉来、冠儿还是不整①。屏间麝煤冷②。但眉峰压翠，泪珠弹粉。堂深昼永。燕交飞、风帘露井。恨无人，与说相思，近日带围宽尽。　　重省。残灯朱幌，淡月纱窗，那时风景。阳台路迥。云雨梦，便无准。待归来，先指花梢教看，却把心期细问。问因循、过了青春，怎生意稳。

① 睡觉：此指睡醒。觉，醒。
② 麝煤：墨的别名。

【评注】

清·卓人月《古今词统》：委宛深厚，不忍随口念过。汉、魏遗意。

清·冯金伯《词苑粹编》：南渡初，南班宗子寓居会稽，为近属士，园亭甲于浙东。一时坐客，皆骚人墨士，陆子逸尝与焉。士有侍姬盼盼者，色艺殊绝，公每属意焉。一日宴客，偶睡，不与捧觞之列。陆因问之，士即呼至，其枕痕犹在脸。公为赋《瑞鹤仙》，有"脸霞红印枕"之句，一时盛传，逮今为雅唱。后盼盼亦归陆氏。

章良能（一首）

章良能（？—1214），字达之，宋代丽水（今属浙江）人。淳熙五年（1178年）进士，除著作佐郎，宁宗朝官至参知政事。间作小词，极有思致。

小重山（柳暗花明春事深）

柳暗花明春事深。小阑红芍药，已抽簪①。雨余风软碎鸣禽。迟迟日②，犹带一分阴。　　往事莫沉吟。身闲时序好，且登临。旧游无处不堪寻。无寻处，惟有少年心。

① 抽簪：形容花蕾状如玉簪。

② 迟迟日：形容春天昼长。

评注

明·陈霆《渚山堂词话》：语意甚婉约。但鸣禽曰碎，于理不通，殊为语病。

张镃（二首）

张镃（1153—1235），原字时可，因慕郭功甫，故易字功甫，号约斋。南宋文学家，先世成纪（今甘肃天水）人，寓居临安（今浙江杭州）。出身显赫，为宋南渡名将张俊曾孙、刘光世外孙。他又是宋末著名诗词家张炎的曾祖，是张氏家族由武功转向文阶过程中的重要环节。隆兴二年（1164 年），为大理司直。淳熙年间直秘阁通判婺州，庆元初为司农寺主簿，迁司农寺丞。与辛弃疾有唱和，词风亦稍近之。好作咏物词。著《玉照堂词》。《全宋词》存词 84 首。

满庭芳·促织儿

月洗高梧，露漙幽草①，宝钗楼外秋深。土花沿翠②，萤火坠墙阴。静听寒声断续，微韵转、凄咽悲沉。争求侣、殷勤劝织，促破晓机心。　　儿时曾记得，呼灯灌穴，敛步随音。任满身花影，犹自追寻。携向华堂戏斗，亭台小、笼巧妆金。今休说，从渠床下，凉夜伴孤吟。

① 漙（tuán）：形容露水多。此作动词用。
② 土花：苔藓。

评注

清·郑文焯《郑校白石道人歌曲》：功父《满庭芳》词咏蟋蟀儿，清隽幽美，实擅词家能事，有观止之叹。白石别构一格，下阕寄托遥深，亦足千古矣。

清·沈辰垣等《历代诗余》：张功甫，西秦人。其"月洗高梧"一阕，乃咏物之入神者。此白石论史邦卿词而及之。（周密评）

宴山亭 (幽梦初回)

幽梦初回,重阴未开,晓色催成疏雨。竹槛气寒,蕙畹声摇①,新绿暗通南浦。未有人行,才半启、回廊朱户。无绪,空望极霓旌②,锦书难据。　　苔径追忆曾游,念谁伴秋千,彩绳芳柱。犀帘黛卷,凤枕云孤,应也几番凝伫。怎得伊来,花雾绕、小堂深处。留住,直到老,不教归去。

① 畹:古代地积单位。"一畹"有三种说法,即三十亩、十二亩、三十步。

② 霓旌:云霞如旌。

【评注】

明·李日华《紫桃轩杂录》:张功甫豪侈而有清尚,尝来吾郡海盐作园亭自恣,令歌儿衍曲,务为新声,所谓海盐腔也。

蔡幼学（一首）

蔡幼学（1154—1217）字行之，瑞安（今浙江省境内）人。少年时师从永嘉学派著名学者陈傅良（字君举，号止斋），乾道八年(1172)中进士，名列第一。官至权兵部尚书兼太子詹事，著有《育德堂集》，存词一首。

好事近（日日惜春残）

日日惜春残，春去更无明日。
拟把醉同春住，又醒来岑寂 [①]。
明年不怕不逢春，娇春怕无力。
待向灯前休睡，与留连今夕。

① 岑寂：孤寂，冷清。

[评注]

宋·俞文豹《吹剑录外集》：蔡尚书幼学师陈止斋，乾道壬辰（八年）同赴省试。止斋知其必魁取，乃自下赋卷，已而师生经赋俱为第一。

宋·叶绍翁:《四朝闻见录》:（陈傅良）早以《春秋》应举，俱门人蔡幼学行之游太学，以蔡治《春秋》浸出己右，遂用词赋取科第。

姜夔（约 1155—1221），字尧章，号白石道人，饶州鄱阳（今属江西）人，南宋文学家、音乐家。少年孤贫，屡试不第，终生未仕，一生转徙江湖，靠卖字和朋友接济为生。多才多艺，精通音律，能自度曲，其词格律严密，素以空灵含蓄著称。姜夔对诗词、散文、书法、音乐无不精善，是继苏轼之后又一难得的艺术全才。其词题材广泛，有感时、抒怀、咏物、恋情、写景、记游、节序、交游、酬赠等。他在词中抒发自己虽流落江湖，但不忘君国的感时伤世的思想，描写自己漂泊的羁旅生活，抒发自己不得用世及情场失意的苦闷心情，以及超凡脱俗、飘然不群，有如孤云野鹤般的个性。有《白石道人诗集》《白石道人歌曲》《续书谱》《绛帖平》传世。

点绛唇·丁未冬过吴松作

燕雁无心，太湖西畔随云去。数峰清苦，商略黄昏雨①。　　第四桥边②，拟共天随住③。今何许？凭阑怀古，残柳参差舞。

① 商略：商量。

② "第四"句：这里指唐诗人陆龟蒙隐居之处。

③ 天随：陆龟蒙自号天随子。

评注

清·陈廷焯《白雨斋词话》：白石长调之妙，冠绝南宋；短章亦有不可及者，如《点绛唇·丁未冬过吴松作》一阕，通首只写眼前景物，至结处云："今何许？凭阑怀古，残柳参差舞。"感时伤事，只用"今何许"三字提倡，"凭阑怀古"下，仅以"残柳"五字咏叹了之，无穷哀感，都在虚处。令读者吊古伤今，不能自止，洵推绝调。

鹧鸪天·元夕有所梦

肥水东流无尽期，当初不合种相思。梦中未比丹青见①，暗里忽惊山鸟啼。　　春未绿，鬓先丝，人间别久不成悲。谁教岁岁红莲

① 丹青：这里指画像。

夜^②，两处沉吟各自知。

②红莲：一种花灯。泛指元宵夜的彩灯。

评注

清·郑文焯《郑校白石道人歌曲》：红莲谓灯，此可与丁未元日金陵江上感梦之作参看。

踏莎行（燕燕轻盈）

自沔东来，丁未元日至金陵，江上感梦而作。^①

燕燕轻盈，莺莺娇软^②，分明又向华胥见^③。夜长争得薄情知^④，春初早被相思染。　　别后书辞，别时针线，离魂暗逐郎行远。淮南皓月冷千山，冥冥归去无人管。

①沔（miǎn）东：唐、宋时州名，今湖北武汉。丁未元日：孝宗淳熙十四年（1187年）大年初一。
②燕燕、莺莺：这里指所思的女子。
③华胥：传说中的国名。代指梦境。
④争得：怎得。

评注

近代·王国维《人间词话》：白石之词，余所最爱者，亦仅二语，曰："淮南皓月冷千山，冥冥归去无人管。"

庆宫春（双桨莼波）

绍熙辛亥除夕^①，余别石湖归吴兴^②，雪后夜过垂虹^③，尝赋诗云："笠泽茫茫雁影微，玉峰重叠护云衣。长桥寂寞春寒夜，只有诗人一舸归。"后五年冬，复与俞商卿、张平甫、铦朴翁自封禺同载^④，诣梁溪^⑤。道经吴松，山寒天迥，云浪四合，中夕相呼步垂虹，星斗下垂，错杂渔火，朔吹凛凛，危坐不能支。朴翁以衾自缠，犹相与行吟，因赋此阕，盖过旬，涂稿乃定。朴翁咎余无益，然意所耽，不能自已也。平甫、商卿、朴翁皆工于诗，所出奇诡。余亦强追逐之。此行既归，各得五十余解。

双桨莼波，一蓑松雨，暮愁渐满空阔。呼我盟鸥，翩翩欲下，背人还过木末⑥。那回归去，荡云雪、孤舟夜发。伤心重见，依约眉山，黛痕低压。　采香径里春寒，老子婆娑⑦，自歌谁答？垂虹西望，飘然引去，此兴平生难遏。酒醒波远，正凝想、明珰素袜。如今安在？惟有阑干，伴人一霎。

① 绍熙辛亥：宋光宗绍熙二年（1191 年）。

② 石湖：这里指范成大，号石湖居士。

③ 垂虹：垂虹桥，在今江苏吴江。因桥上有亭曰"垂虹"，故名。

④ 封、禹：皆山名，在今浙江德清。

⑤ 梁溪：今江苏无锡。

⑥ 还过木末：又掠过树梢。

⑦ "老子"句：老夫我对着山川婆娑起舞。

[评注]

俞陛云《唐五代两宋词选释》：起笔即秀逸而工，承以"盟鸥"三句，着笔轻灵。此下回首前游，凄然凝望，山压眉低，此中当有人在，故下阕言旧地重过，已明珰人去，酒醒波远，倚阑之惆怅可知。……或非虚造之谈也。白石赋此词，几经涂稿而成，知吟安一字之难。以横溢之天才，而审慎如是，学词者未可以轻心掉之。

齐天乐（庾郎先自吟愁赋）

丙辰岁①，与张功甫会饮张达可之堂②，闻屋壁间蟋蟀有声。功甫约余同赋，以授歌者。功甫先成，词甚美。余徘徊末利花间③，仰见秋月，顿起幽思，寻亦得此。蟋蟀，中都呼为促织，善斗。好事者或以三二十万钱致一枚，镂象齿为楼观以贮之。

庾郎先自吟愁赋，凄凄更闻私语。露湿铜铺④，苔侵石井，都是曾听伊处。哀音似诉，正思妇无眠，起寻机杼。曲曲屏山，夜凉独自甚情绪？　西窗又吹暗雨，为谁频断续，相和砧杵？候馆迎秋，离宫吊月，别有伤心无数。豳诗漫与⑤，笑篱落呼灯，世间儿女。写入琴丝，一声声更苦。

① 丙辰岁：宋宁宗庆元二年（1196 年）。

② 张功甫：张镃，字功甫，号约斋。张达可：张镃的叔伯兄弟。

③ 末利：同"茉莉"。

④ 铜铺：门上铜制的铺首，以衔住门环。

⑤ "豳（bīn）诗"句：《诗经·豳风·七月》有"十月蟋蟀入我床下"句。漫与：即景抒情，率意而作。

评注

清·陈廷焯《白雨斋词话》：全篇皆写怨情。独后半云"笑篱落呼灯，世间儿女"，以无知儿女之乐，反衬出有心人之苦，最为入妙。用笔亦别有神味，难以言传。

琵琶仙（双桨来时）

《吴都赋》云："户藏烟浦，家具画船。"惟吴兴为然。春游之盛，西湖未能过也。己酉岁①，余与萧时父载酒南郭，感遇成歌。

双桨来时，有人似、旧曲桃根桃叶②。歌扇轻约飞花，蛾眉正奇绝。春渐远，汀洲自绿，更添了、几声啼鸩。十里扬州，三生杜牧③，前事休说。　　又还是、宫烛分烟，奈愁里、匆匆换时节。都把一襟芳思，与空阶榆荚。千万缕、藏鸦细柳，为玉尊、起舞回雪。想见西出阳关，故人初别。

① 己酉岁：淳熙十六年（1189 年）。

② 桃根桃叶：桃根为桃叶妹，桃叶为王献之爱妾名。

③ 三生：本为佛家语，指过去、现在、未来三世人生。

评注

宋·张炎《词源》：离情当如此作，全在情景交炼，得言外意。

念奴娇（闹红一舸）

余客武陵①，湖北宪治在焉。古城野水，乔木参天。余与二三友，日荡舟其间，薄荷花而饮②，意象幽闲，不类人境。秋水且涸，荷叶出地寻丈，因列坐其下，上不见日。清风徐来，绿云自动。间于疏处窥见游人画船，亦一乐也。揭来吴兴③，数得相羊荷花中，又夜泛西湖，光景奇绝，故以此句写之。

闹红一舸，记来时，尝与鸳鸯

① 武陵：今湖南常德。

② 薄：临近。

为侣。三十六陂人未到，水佩风裳无数。翠叶吹凉，玉容消酒，更洒菰蒲雨④。嫣然摇动，冷香飞上诗句。　　日暮，青盖亭亭，情人不见，争忍凌波去？只恐舞衣寒易落，愁入西风南浦。高柳垂阴，老鱼吹浪，留我花间住。田田多少，几回沙际归路。

③ 揭(qiè)来：来到。吴兴：今浙江湖州。

④ 菰(gū)蒲：水草。菰，茭白。

`评注`

俞陛云《唐五代两宋词选释》：此调工于发端。"闹红"四字，花与人皆在其中。以下三句咏荷及赏荷之人，皆从空际着想。"翠叶"三句略点正面，接以"嫣然"二句，诗意与花香俱摇漾于水烟渺霭之中。下阕怀人而兼惜花，低回不去，而留客赏荷者，托诸"柳阴""鱼浪"，仍在空处落笔。通首如仙人行空，足不履地，宜叔夏读之"神观飞越"也。

扬州慢（淮左名都）

　　淳熙丙申至日①，余过维扬。夜雪初霁，荠麦弥望。入其城则四顾萧条，寒水自碧。暮色渐起，戍角悲吟。余怀怆然，感慨今昔，因自度此曲。千岩老人以为有黍离之悲也②。

淮左名都，竹西佳处，解鞍少驻初程。过春风十里，尽荠麦青青。自胡马窥江去后，废池乔木，犹厌言兵。渐黄昏，清角吹寒，都在空城。　　杜郎俊赏，算而今，重到须惊。纵豆蔻词工，青楼梦好，难赋深情。二十四桥仍在，波心荡、冷月无声。念桥边红药，年年知为谁生？

① 淳熙丙申至日：宋孝宗淳熙三年（1176年）冬至。

② 千岩老人：萧德藻，字东夫，自号千岩老人。黍离之悲：指对家国命运的悲叹。

俞陛云《唐五代两宋词选释》：凡乱后感怀之作，词人所恒有。白石之精到处，凄异之音，沁入纸背，复能以浩气行之，由于天分高而酝酿深也。

清·宋翔凤《乐府余论》：词家之有姜石帚，犹诗家之有杜少陵，继往开来，文中关键。其流落江湖，不忘君国，皆借托比兴，于长短句寄之。如《齐天乐》……《扬州慢》，惜无意恢复也。……盖意愈切，则词愈微，屈宋之心，谁能见之。

长亭怨慢（渐吹尽）

余颇喜自制曲。初率意为长短句，然后协以律，故前后阕多不同。桓大司马云①："昔年种柳，依依汉南。今看摇落，凄怆江潭。树犹如此，人何以堪？"此语余深爱之。

渐吹尽，枝头香絮，是处人家，绿深门户。远浦萦回，暮帆零乱向何许？阅人多矣，谁得似长亭树？树若有情时，不会得青青如此！　　日暮，望高城不见，只见乱山无数。韦郎去也，怎忘得玉环分付②。第一是早早归来，怕红萼无人为主。算空有并刀，难剪离愁千缕。

① 桓大司马：指东晋大将桓温。

② 玉环：传唐人韦皋游江夏，与婢女玉箫有情，别时赠玉指环，约七年后再会。八年不至，玉箫绝食而死。后韦皋得一歌姬，中指内隐如玉环。

清·吴衡照《莲子居词话》：白石《长亭怨慢》引桓大司马云云，乃庾信《枯树赋》，非桓温语。

清·陈廷焯《词则·大雅集》：哀怨无端，无中生有，海枯石烂之情。

淡黄柳（空城晓角）

客居合肥南城赤阑桥之西，巷陌凄凉，与江左异①，惟柳色夹道，依依可怜。因度此曲，以纾客怀②。

空城晓角，吹入垂杨陌。马上单衣寒恻恻③。看尽鹅黄嫩绿④，都是江南旧相识。　正岑寂，明朝又寒食。强携酒，小桥宅⑤，怕梨花落尽成秋色。燕燕飞来，问春何在？惟有池塘自碧。

① 江左：泛指江南。
② 纾(shū)：宽解。
③ 恻恻：凄寒。
④ 鹅黄：形容柳芽初绽，叶色嫩黄。
⑤ 小桥：后汉乔玄次女为小桥，即小乔。此或借之谓姜夔在合肥的情人。

评注

清·郑文焯《郑校白石道人歌曲》：长吉有"梨花落尽成秋苑"之句，白石正用以入词，而改一"色"字协韵。当时清真、方回多取贺诗隽句为面。

暗香（旧时月色）

辛亥之冬①，余载雪诣石湖②。止既月，授简索句，且征新声，作此两曲。石湖把玩不已，使二妓肄习之③，音节谐婉，乃名之曰《暗香》《疏影》。

旧时月色，算几番照我，梅边吹笛？唤起玉人，不管清寒与攀摘。何逊而今渐老，都忘却、春风词笔。但怪得、竹外疏花，香冷入瑶席。
江国，正寂寂。叹寄与路遥，夜雪初积。翠尊易泣，红萼无言耿相忆。长记曾携手处，千树压、西湖寒碧。又片片吹尽也，几时见得？

① 辛亥：宋光宗绍熙二年(1191年)。
② 石湖：范成大晚年自号石湖居士。
③ 肄(yì)习：学习。一作"隶习"。

清·周济《介存斋论词杂著》：稼轩郁勃故情深，白石放旷故情浅，稼轩纵横故才大，白石局促故才小。惟《暗香》《疏影》二词，寄意题外，包蕴无穷，可与稼轩伯仲，余俱据事直书，不过手意近辣耳。

疏影（苔枝缀玉）

苔枝缀玉①，有翠禽小小，枝上同宿。客里相逢，篱角黄昏，无言自倚修竹。昭君不惯胡沙远，但暗忆、江南江北。想佩环月夜归来，化作此花幽独。　犹记深宫旧事，那人正睡里，飞近蛾绿②。莫似春风，不管盈盈，早与安排金屋。还教一片随波去，又却怨、玉龙哀曲③。等恁时、重觅幽香，已入小窗横幅。

① 苔枝：苔梅，梅的一种。因枝长苔藓，故名。
② 蛾绿：指眉。
③ 玉龙：笛名。哀曲：指古笛曲《梅花落》。

清·张惠言《词选》：此章更以二帝之愤发之，故有昭君之句。

清·王闿运《湘绮楼词选》：此二词最有名，然语高品下，以其贪用典故也。

清·周济《宋四家词选》：此词以"相逢""化作""莫似"六字作骨，"莫似"五句，言其不能挽留，听其自为盛衰。

翠楼吟（月冷龙沙）

淳熙丙午冬①，武昌安远楼成，与刘去非诸友落之，度曲见志。余去武昌十年，故人有泊舟鹦鹉洲者，闻小姬歌此词，问之，颇能道其事。还吴，为余言之，兴怀昔游，且伤今之离索也。

月冷龙沙②，尘清虎落③，今

① 淳熙丙午：淳熙十三年（1185年）。

年汉酺初赐④。新翻胡部曲，听毡幕元戎歌吹。层楼高峙，看槛曲萦红，檐牙飞翠。人姝丽，粉香吹下，夜寒风细。　　此地宜有词仙，拥素云黄鹤，与君游戏。玉梯凝望久，但芳草萋萋千里。天涯情味，仗酒祓清愁⑤，花消英气。西山外，晚来还卷，一帘秋霁。

② 龙沙：原指塞外荒漠之地，此言与金对峙的南宋前沿地带。

③ 虎落：护营的竹篱障碍。

④ 汉酺初赐：秦汉时禁民聚饮，朝廷有庆典时方准许，称"赐酺"。

⑤ 祓（fú）：除去。

评注

俞陛云《唐五代两宋词选释》："清愁""英气"二句隐有少陵"看镜""倚楼"之感，句法倜傥而深郁，自是名句。

清·许昂霄《词综偶评》："月冷龙沙"五句，题前一层，即为题中铺叙，手法最高。"玉梯凝望久"五句，凄婉悲壮，何减王粲《登楼》一赋。

杏花天（绿丝低拂鸳鸯浦）①

丙午之冬，发沔口②。丁未正月二日③，道金陵，北望淮、楚，风日清淑，小舟挂席，容与波上。

绿丝低拂鸳鸯浦，想桃叶，当时唤渡。又将愁眼与春风，待去；倚兰桡，更少驻。　　金陵路，莺吟燕舞。算潮水、知人最苦。满汀芳草不成归，日暮，更移舟向甚处？

① 姜夔自度曲，也有写作《杏花天影》。

② 沔口：汉水入长江处，即今湖北汉口。

③ 丁未：淳熙十四年（1187年）。

评注

清·陈廷焯《白雨斋词话》：白石词以清虚为体，而时有阴冷处，格调最高。又：白石则如白云在空，随风变灭。

一萼红（古城阴）

丙午人日①，余客长沙别驾之观政堂。堂下曲沼。沼西负古垣，有卢橘幽篁，一径深曲。穿径而南。官梅数十株，如椒如菽。或红破白露，枝影扶疏。著屐苍苔细石间，野兴横生，亟命驾登定王台②，乱湘流入麓山。湘云低昂，湘波容与，兴尽悲来，醉吟成调。

古城阴，有官梅几许，红萼未宜簪。池面冰胶，墙腰雪老，云意还又沉沉。翠藤共、闲穿径竹，渐笑语、惊起卧沙禽。野老林泉，故王台榭，呼唤登临。　　南去北来何事，荡湘云楚水，目极伤心。朱户黏鸡，金盘簇燕，空叹时序侵寻③。记曾共、西楼雅集，想垂柳、还袅④万丝金。待得归鞍到时，只怕春深。

① 人日：正月初七日。
② 定王台：在今长沙城东，汉长沙定王所筑。
③ 侵寻：浸淫、渐进的意思。
④ 袅：摇曳。

评注

清·陈锐《袌碧斋词话》：换头处六字句有挺接者，如"南去北来何事"之类；有添字承接者，如"因甚""回想"之类，亦各有所宜。若美成之《塞翁吟》换头"忡忡"二字，赋此者亦只能叠韵以和琴声，学者试熟思之，即得矣。

霓裳中序第一（亭皋正望极）

丙午岁，留长沙，登祝融①，因得其祠神之曲，曰《黄帝盐》《苏合香》。又于乐工故书中得商调《霓裳曲》十八阕，皆虚谱无辞。按沈氏乐律，霓裳道调，此乃商调。乐天诗云"散序六阕"，此特两阕。未知孰是？然音节闲雅，不类今曲。余不暇尽作，作《中序》一阕传于世。余方羁游，感此古音，不自知其辞之怨抑也。

亭皋正望极，乱落江莲归未得。多病却无气力，况纨扇渐疏，罗衣初索。流光过隙，叹杏梁、双燕如客②。人何在？一帘淡月，仿佛照颜色。　　幽寂。乱蛩吟壁，动庾信、清愁似织。沉思年少浪迹，笛里关山，柳下坊陌。坠红无信息，漫暗水、涓涓溜碧。飘零久、而今何意，醉卧酒垆侧③。

① 祝融：衡山七十二峰之最高峰。

② 杏梁：语出汉司马相如的《长门赋》："饰文杏以为梁。"

③ "醉卧"句：出自刘义庆的《世说新语·任诞》："阮公邻家妇有美色，当垆沽酒……常从妇饮酒，阮醉，便眠卧其妇侧。夫始殊疑之，伺察，终无他意。"酒垆：置酒瓮的土台。

[评注]

俞陛云《唐五代两宋词选释》：前五句言秋风人倦，"流光"二句叹急景之不居，"人何在"三句望伊人之宛在。月到旧时明处，与谁同倚阑干。白石殆同此感也。下阕回首当年，关河浪迹，坊陌春游，旧梦重重，逐暗水流花而去，赢得飘零词客，一醉埋愁。李后主所谓"醉乡路稳宜频到，此外不堪行"也。

刘过

（一首）

刘过（1154—1206），字改之，号龙洲道人，吉州太和（今江西泰和）人，南宋诗人、词人。四次应举不中，流落江湖间，布衣终身。曾为陆游、辛弃疾所赏，亦与陈亮、岳珂友善。词风与辛弃疾相近，抒发抗金抱负，狂逸俊致。与刘克庄、刘辰翁享有"辛派三刘"之誉，又与刘仙伦合称"庐陵二布衣"。有《龙洲集》《龙洲词》。

唐多令（芦叶满汀洲）①

安远楼小集②，侑觞歌板之姬黄其姓者，乞词于龙洲道人，为赋此。同柳阜之、刘去非、石民瞻、周嘉仲、陈孟参、孟容，时八月五日也。

芦叶满汀洲，寒沙带浅流。二十年重过南楼。柳下系船犹未稳，能几日，又中秋。　黄鹤断矶头，故人曾到不③？旧江山浑是新愁。欲买桂花同载酒，终不似，少年游。

① 一作《糖多令》。

② 安远楼：又名"南楼"，在武昌黄鹤山上，为登览胜地。

③ 曾到不：一作"今在不"。

评注

明·李攀龙《草堂诗余隽》：因再游黄鹤楼而追忆故人不在，遂举目有江上之感，词意何等凄怆！系舟未稳，旧江山浑是新愁，读之下泪。

张抡（约 1162 年前后在世），字才甫，自号莲社居士，开封（今属河南）人。好填词，每应制进一词，宫中即付之丝竹。

烛影摇红·上元有怀

双阙中天①，凤楼十二春寒浅②。去年元夜奉宸游③，曾侍瑶池宴。玉殿珠帘尽卷。拥群仙、蓬壶阆苑④。五云深处⑤，万烛光中，揭天丝管。　驰隙流年，恍如一瞬星霜换。今宵谁念泣孤臣，回首长安远。可是尘缘未断。漫惆怅、华胥梦短⑥。满怀幽恨，数点寒灯，几声归雁。

① 双阙：皇宫门前两边供瞭望的楼。泛指帝王的住所。

② 凤楼：宫内楼阁。

③ 宸（chén）游：帝王的巡游。

④ 蓬壶：蓬莱，传说中的海上神仙。阆（làng）苑：亦是神仙居处。

⑤ 五云：五彩祥云。

⑥ 华胥：寓言中的理想之国。

评注

清·黄氏《蓼园词评》：才甫为南渡遗老，有《莲社词》一卷。词多变徵，此首尤清壮。

明·李攀龙《草堂诗余隽》：抚景写情，俱见其荣光易度，梦醒无几，真画出风前烛影，红光在目。

史达祖（九首）

史达祖（约1163—约1220），字邦卿，号梅溪，汴（今河南开封）人，南宋婉约派重要词人，风格工巧，推动宋词走向基本定型。一生未中第，早年任过幕僚。韩侂胄当国时，他是最亲信的堂吏，负责撰拟文书。韩侂胄北伐失败后，受黥刑，死于困顿。其词以咏物为长，其中不乏身世之感。他还在宁宗朝北行使金，这一部分的北行词充满沉痛的家国之感。今传有《梅溪词》，现存词112首。代表作为《双双燕·咏燕》。

双双燕·咏燕

过春社了①，度帘幕中间，去年尘冷。差池欲住②，试入旧巢相并。还相雕梁藻井③，又软语、商量不定。飘然快拂花梢，翠尾分开红影④。　　芳径。芹泥雨润⑤。爱贴地争飞，竞夸轻俊。红楼归晚，看足柳昏花暝。应自栖香正稳，便忘了、天涯芳信。愁损翠黛双蛾，日日画阑独凭。

① 春社：民间节日，在每年立春后，清明前。

② 差池：燕飞时尾翼舒张不齐貌。

③ 相：察看。藻井：彩绘或画饰的天花板。井，承尘，用木架成井形，俗称"天花板"。

④ 红影：花影。

⑤ 芹泥：水边长芹草的泥土。

评注

明·卓人月《古今词统》：不写形而写神，不取事而取意，白描妙手。

明·沈际飞《草堂诗余正集》："欲"字、"试"字、"还"字、"又"字入妙。

俞陛云《词境浅说》：归来社燕，回忆去年，题前着笔，便留旋转之地。巢痕重拂，犹征人之返故居，咏燕亦隐含人事。

绮罗香·咏春雨

做冷欺花①，将烟困柳，千里偷催春暮。尽日冥迷，愁里欲飞还

① "做冷"句：春雨添寒，有碍花的盛开，所以说"欺花"。

住。惊粉重②、蝶宿西园，喜泥润、燕归南浦。最妨他、佳约风流，钿车不到杜陵路③。　　沉沉江上望极，还被春潮晚急，难寻官渡④。隐约遥峰，和泪谢娘眉妩⑤。临断岸、新绿生时，是落红、带愁流处。记当日、门掩梨花，剪灯深夜语。

② 粉重：蝴蝶身上的粉沾雨便嫌重了。

③ 钿车：以金为饰的华丽车子。杜陵：汉宣帝陵墓，在长安东南，附近多富户。

④ 官渡：公用的渡船。

⑤ 谢娘：唐代歌妓。后泛指歌女。眉妩：双眉妩媚好看。

【评注】

清·先著、程洪《词洁辑评》：无一字不与题相依，而结尾始出"雨"字（别本"语"作"雨"）。中边皆有，前后两段七字句，于正面尤看到，如意宝珠，玩弄难于释手。

清·周济《介存斋论词杂著》：梅溪甚有心思，而用笔多涉尖巧，非大方家数，所谓"一钩勒即薄者"。

东风第一枝·春雪

巧沁兰心，偷黏草甲①，东风欲障新暖。漫疑碧瓦难留，信知暮寒犹浅。行天入镜②，做弄出、轻松纤软。料故园、不卷重帘，误了乍来双燕。　　青未了、柳回白眼。红欲断、杏开素面。旧游忆著山阴③，厚盟遂妨上苑④。熏炉重熨，便放慢、春衫针线。怕凤靴、挑菜归来，万一灞桥相见。

① 甲：草木萌芽的外皮。

② "行天"句：以镜和天来喻地面、桥面积雪的明净。

③ "旧游"句：晋王子猷居山阴，曾雪夜泛舟访戴安道，至其门，未入即返。

④ "厚盟"句：司马相如参加梁王兔园之宴，因下雪而迟到。上苑：兔园。

【评注】

清·陈廷焯《白雨斋词话》：精妙处竟是清真高境。张玉田云："不独措辞精粹，又且见时节风物之感。"乃深知梅溪者。余尝谓白石、梅溪皆祖清真，白石化矣，梅溪或稍逊焉。然高者亦未尝不化，如此篇是也。

喜迁莺（月波疑滴）

月波疑滴，望玉壶天近[①]，了无尘隔。翠眼圈花[②]，冰丝织练，黄道宝光相直[③]。自怜诗酒瘦，难应接、许多春色。最无赖，是随香趁烛，曾伴狂客。　　踪迹。漫记忆，老了杜郎[④]，忍听东风笛。柳院灯疏，梅厅雪在，谁与细倾春碧[⑤]？旧情拘未定，犹自学、当年游历。怕万一，误玉人、夜寒帘隙。

① 玉壶：月亮。

② "翠眼"句：言花灯之华美精巧。

③ 黄道：古人认为太阳绕地而行，黄道为太阳绕地的轨道。此处指彩灯满街，堪与黄道之光相比。

④ 杜郎：唐代诗人杜牧。这里词人借此自比。

⑤ 春碧：春日新酿的美酒，新酒呈绿色。

<u>评注</u>

清·况周颐《蕙风词话续编》："诗酒尚堪驱使在，未须料理白头人"，少陵句也。梅溪词《喜迁莺》云："自怜诗酒瘦，难应接、许多春色。"盖反用其意。

三姝媚（烟光摇缥瓦）

烟光摇缥瓦[①]。望晴檐多风，柳花如洒。锦瑟横床，想泪痕尘影，凤弦常下。倦出犀帷，频梦见、王孙骄马。讳道相思，偷理绡裙，自惊腰衩。　　惆怅南楼遥夜。记翠箔张灯[②]，枕肩歌罢。又入铜驼[③]，遍旧家门巷，首询声价。可惜东风，将恨与闲花俱谢。记取崔徽模样，归来暗写。

① 缥瓦：琉璃瓦。

② 箔：帘子。

③ 铜驼：原为洛阳街道名，这里借指临安。

<u>评注</u>

宋·姜夔《词品引》：（邦卿词）奇秀清逸，有李长吉之韵，盖能融情景于一家，会句意于两得。

宋·张镃《梅溪词序》：史生词织绡泉底，去尘眼中，妥帖轻圆，辞情俱到，有瑰奇、警迈、清新、闲婉之长，而无诡荡、污淫之失，端可分镳清真，平睨方回。

秋霁（江水苍苍）

江水苍苍，望倦柳愁荷，共感秋色。废阁先凉，古帘空暮，雁程最嫌风力。故园信息，爱渠入眼南山碧。念上国①，谁是脍鲈江汉未归客②。　　还又岁晚，瘦骨临风，夜闻秋声，吹动岑寂。露蛩悲，青灯冷屋，翻书愁上鬓毛白。年少俊游浑断得。但可怜处，无奈苒苒魂惊③，采香南浦，剪梅烟驿④。

① 上国：京城临安。此泛指故土。

② 脍鲈：晋张翰在洛阳为官，思念家乡吴中的鲈鱼脍等美味，辞官归乡。

③ 苒苒：形容时光渐渐过去。

④ 剪梅：用陆凯赠范晔诗之事。

评注

陈匪石《宋词举》：（"露蛩悲"三句）寥寥十四字，可抵一篇《秋声赋》读。

俞陛云《唐五代两宋词选释》：废阁古帘，写景极苍凉之思。下阕冷屋摊书，故交零落，虽剪梅彩绿，风物依然，而俊游云散，惟孤秀自馨耳。

夜合花（柳锁莺魂）

柳锁莺魂，花翻蝶梦①，自知愁染潘郎②。轻衫未揽，犹将泪点偷藏。念前事，怯流光，早春窥、酥雨池塘③。向消凝里，梅开半面，情满徐妆④。　　风丝一寸柔肠，曾在歌边惹恨，烛底萦香。芳机⑤瑞锦，如何未织鸳鸯。人扶醉，月依墙，是当初、谁敢疏狂！把闲言

① 蝶梦："庄周梦蝶"故事。

② 潘郎：西晋诗人潘岳。此处词人自指。

③ 酥雨：小雨；细雨。

④ 徐妆：梁元帝瞎一目，徐妃每知元帝将来时，只化妆半边脸等候，元帝见则大怒而去。

语，花房夜久，各自思量。 | ⑤ 芳机：织布机。

清·刘熙载《艺概》：周美成律最精审，史邦卿句最警炼，然未得为君子之词者，周旨荡而史意贪也。

近代·王国维《人间词话》：周介存谓："梅溪词中，喜用'偷'字，足以定其品格。"刘融斋谓："周旨荡而史意贪。"此二语令人解颐。

玉蝴蝶（晚雨未摧宫树）

晚雨未摧宫树，可怜闲叶，犹抱凉蝉。短景归秋①，吟思又接愁边。漏初长、梦魂难禁，人渐老、风月俱寒。想幽欢。土花庭甃②，虫网阑干。　　无端。啼蛄搅夜③，恨随团扇，苦近秋莲。一笛当楼，谢娘悬泪立风前④。故园晚、强留诗酒，新雁远、不致寒暄。隔苍烟。楚香罗袖，谁伴婵娟。

① 短景：夏去秋来，白昼渐短。

② 甃：井壁。

③ 蛄：蝼蛄，通称"喇喇蛄"，有的地区叫"土狗子"，一种昆虫，昼伏夜出，穴居土中而鸣。

④ 谢娘：这里指歌女。

陈匪石《宋词举》：梅溪"晚雨未摧宫树"一首及梦窗和作，虽色泽较浓，实皆学柳，乔曾劬谓"足见南宋步柳之迹"，是也。

八归（秋江带雨）

秋江带雨，寒沙萦水，人瞰画阁愁独。烟蓑散响惊诗思，还被乱鸥飞去，秀句难续。冷眼尽归图画上，认隔岸、微茫云屋。想半属、渔市樵村，欲暮竞然竹①。　　须信风流未老，凭持尊酒，慰此凄凉心目。一鞭南陌，几篙官渡，赖有

① 然：通"燃"。

② 歌眉：歌女之眉。代指歌女。舒绿：眉目舒展。古以黛绿画眉，故云。

歌眉舒绿②。只匆匆眺远，早觉闲
愁挂乔木。应难奈，故人天际，望
彻淮山，相思无雁足③。

③雁足：大雁传书。代指信使。

评注

俞陛云《唐五代两宋词选释》：旅泊怀人之际，烟蓑响雨，惊起闲
鸥，搅人诗思，写景幽悄。诗既未成，惟有远眺江山天然图画，以消遣
闷怀。"微茫云屋"四字有东坡"屋小如渔舟，濛濛云水外"诗意。下
阕虽换一境，亦即前意。频岁山程水驿，到处迁流，野店闻歌，孤篷听
水，同是解客途之岑寂；但望断淮山，而故人天际，仍莫慰其客愁也。

卢祖皋（二首）

卢祖皋（约 1174—约 1224），字申之，一字次夔，号蒲江，永嘉（今浙江温州）人。南宋宁宗庆元五年（1199年）中进士，初任淮南西路池州教授，历任秘书省正字、校书郎、著书郎，累官至权直学士院，逝后葬于"九里云松"（洪春桥以西至灵隐、天竺一带）。卢祖皋家学渊源，为宋文学家楼钥之甥，宋黄升对其评价颇高。著有《蒲江词稿》，刊入"强村丛书"，凡 96 阕。

江城子（画楼帘幕卷新晴）

画楼帘幕卷新晴。掩银屏，晓寒轻。坠粉飘香，日日唤愁生。暗数十年湖上路，能几度、著娉婷①。

年华空自感飘零。拥春酲②，对谁醒？天阔云闲，无处觅箫声。载酒买花年少事，浑不似、旧心情。

① 娉婷：姿态美好。此处指歌女。
② 酲（chéng）：因过度饮酒而神志不清。

评注

清·况周颐《蕙风词话》：卢申之《江城子》后段云……与刘龙洲词"欲买桂花同载酒，终不似、少年游"，可称异曲同工。

宴清都（春讯飞琼管）

春讯飞琼管①，风日薄、度墙啼鸟声乱。江城次第②，笙歌翠合，绮罗香暖。溶溶涧渌冰泮③，醉梦里、年华暗换。料黛眉，重锁隋堤，芳心还动梁苑④。　　新来雁阔云音，鸾分鉴影，无计重见。啼春细雨，笼愁淡月，恁时庭院⑤。离肠未语先断，算犹有凭高望眼。

① 琼管：古代以葭莩灰填满律管，节候至则灰飞管通。管以玉为主，故曰"琼管"。
② 次第：转眼；一个接一个。
③ 泮（pàn）：冰融解。
④ 梁苑：兔园，又称"梁园"，在今开封东南，宋时游宴胜地。此泛指园林。

更那堪、衰草连天，飞梅弄晚。　　｜⑤恁时：此时。

评注

清·陈廷焯《词则》：此词绝幽怨，神似梅溪高境。

明·杨慎《词品》:《蒲江词》一卷，乐章甚工，字字可入律吕。

程垓（一首）

程垓，生卒年不详，字正伯，眉山（今属四川）人，苏轼中表程之才之孙。淳熙十三年（1186年）游临安，陆游为其所藏山谷帖作跋，未几归蜀。撰有帝王君臣论及时务利害策五十篇。绍熙三年（1192年），杨万里荐以应贤良方正科。有《书舟词》，一作《书舟雅词》。

水龙吟（夜来风雨匆匆）

夜来风雨匆匆，故园定是花无几。愁多怨极，等闲孤负，一年芳意。柳困桃慷，杏青梅小，对人容易。算好春长在，好花长见，原只是、人憔悴。　　回首池南旧事①，恨星星、不堪重记②。如今但有，看花老眼，伤时清泪。不怕逢花瘦，只愁怕、老来风味。待繁红乱处，留云借月，也须拼醉。

① 池南：池阳之南。指蜀地，即词人故园。

② 星星：比喻间杂的白发。

评注

清·冯煦《宋六十一家词选·例言》：凄婉绵丽。

刘克庄（四首）

刘克庄（1187—1269），初名灼，字潜夫，号后村居士，吏部侍郎刘弥正之子，莆田（今属福建）人，南宋豪放派诗人。初为靖安主簿，后长期游幕于江、浙、闽、广等地。诗属江湖诗派，作品数量丰富，内容开阔，多言谈时政、反映民生之作。词深受辛弃疾影响，多豪放之作，散文化、议论化倾向较突出。作品收录在《后村先生大全集》中。

生查子·元夕戏陈敬叟

繁灯夺霁华①，戏鼓侵明发②。物色旧时同，情味中年别。　浅画镜中眉，深拜楼西月。人散市声收③，渐入愁时节。

① 霁华：明朗的月光。

② 明发：天明。

③ 市声：市井的各种声音。

[评注]

俞陛云《唐五代两宋词选释》：后村序《陈敬叟集》云："旷达如列御寇、庄周，饮酒如阮嗣宗、李太白，笔札如谷子云，行草篆隶如张颠、李潮，乐府如温飞卿、韩致光。"推许甚至。此词云戏赠者，殆以敬叟之旷达，而情人中年，易萦旧感，人归良夜，渐入愁乡，其襟怀亦不异常人，故戏赠之。

贺新郎·端午

深院榴花吐，画帘开、练衣纨扇①，午风清暑。儿女纷纷夸结束，新样钗符艾虎②。早已有、游人观渡。老大逢场慵作戏，任陌头、年少争旗鼓。溪雨急，浪花舞。　灵均标致高如许，忆生平、既纫兰佩，更怀椒醑③。谁信骚魂千载后，波底垂涎角黍④。又说是、蛟馋龙怒。把似而今醒到了⑤，料当年、醉死差无

① 练（shū）：粗麻布。

② 钗符艾虎：皆为端午节头饰，艾虎还可作门饰。

③ 椒：香物，用来降神。醑（xǔ）：美酒，用来祭神。

④ 角黍：粽子。

⑤ 把似：与其；假如。

苦，聊⑥一笑，吊千古。 | ⑥ 聊：姑且。

评注

清·黄氏《蓼园词评》：非为灵均雪耻，实为无识者下一针砭。思理超超，意在笔墨之外。可细玩之。

清·冯煦《蒿庵论词》：后村词与放翁、稼轩犹鼎三足。其生丁南渡，拳拳君国，似放翁；志在有为，不欲以词人自域，似稼轩。

贺新郎·九日

湛湛长空黑①。更那堪、斜风细雨，乱愁如织。老眼平生空四海，赖有高楼百尺。看浩荡、千崖秋色。白发书生神州泪，尽凄凉、不向牛山滴②。追往事，去无迹。　少年自负凌云笔。到而今、春华落尽，满怀萧瑟。常恨世人新意少，爱说南朝狂客③。把破帽、年年拈出。若对黄花孤负酒④，怕黄花、也笑人岑寂。鸿北去，日西匿。

① 湛湛：本为水深貌，此处形容天色阴暗。

② 牛山滴：这里指恋生惧死。牛山，在今山东临淄南。

③ 南朝狂客：这里指东晋孟嘉。他为桓温参军时，重阳节与桓温共登龙山，风吹帽落而不觉。

④ 孤负：辜负。

评注

清·陈廷焯《词则·放歌集》：悲而壮。南宋有些将才、如此官方、如此士气，而卒不能恢复者，谁之过耶。

明·杨慎《词品》：有《后村别调》一卷，大抵直致近俗，效稼轩而不及也。

木兰花·戏林推①

年年跃马长安市②，客舍似家家似寄。青钱换酒日无何③，红烛呼卢宵不寐④。　易挑锦妇机中字，难得玉人心下事。男儿西北有

① 林推：姓林的节度推官，节度推官的省称叫"节推"。

② 长安：这里指临安。

③ 无何：没别的事。

神州，莫滴水西桥畔泪⑤。

④ 呼卢：古时赌具有五个木子，类似骰子，五子全黑称为"卢"，掷得"卢"便获全胜，所以赌徒们连呼"卢"。

⑤ 水西桥畔：泛指玉人居处。

评注

　　清·陈廷焯《白雨斋词话》：刘潜夫《玉楼春》云："男儿西北有神州，莫滴水西桥畔泪。"……此类皆慷慨激烈，发欲上指。词境虽不高，然足以使懦夫有立志。

严仁（一首）

严仁（约1200年前后在世），字次山，号樵溪，邵武（今属福建）人。好古博雅。杨巨源诛吴曦，安丙恭而杀之，严仁作长愤歌，为时传诵。与同族严羽、严参齐名，人称"三严"。有《清江欸乃集》，现存词30首。

木兰花（春风只在园西畔）①

春风只在园西畔，荠菜花繁胡蝶乱。冰池晴绿照还空②，香径落红吹已断。　　意长翻恨游丝短③，尽日相思罗带缓。宝奁如月不欺人④，明日归来君试看。

① 《木兰花》：又通称《玉楼春》。

② 照还空：化用李白诗《望庐山瀑布》"江月照还空"之意。

③ 翻：反而；反倒。

④ 宝奁(lián)：妇女装铜镜用的镜匣。

评注

宋·黄昇《花庵词选》：次山词能道闺闱之趣。

清·陈廷焯《白雨斋词话》：深情委婉，读之不厌百回。

俞国宝（一首）

俞国宝（约1195年前后在世），字不详，号醒庵，抚州临川（今属江西）人。南宋著名诗人，江西诗派著名诗人，孝宗淳熙间为太学生。性豪放，嗜诗酒，曾游览全国名山大川，饮酒赋诗，留下不少脍炙人口的锦词佳篇。著有《醒庵遗珠集》。

风入松（一春长费买花钱）

一春长费买花钱，日日醉湖边。玉骢惯识西湖路①，骄嘶过、沽酒楼前。红杏香中箫鼓，绿杨影里秋千。　暖风十里丽人天，花压鬓云偏。画船载取春归去，余情付、湖水湖烟。明日重扶残醉，来寻陌上花钿②。

① 玉骢：白马。
② 花钿：妇女用的花形首饰。

评注

清·况周颐《蕙风词话》：鲜翠流丽而已，亦复脍炙人口。

元·周密《武林旧事》：淳熙间，德寿三殿游幸湖山。一日御舟经断桥旁，有小酒肆颇雅。舟中饰素屏，书《风入松》一词于上，光尧驻目称赏，久之，宣问："何人所作？"乃太学生俞国宝醉笔也。上笑曰："此词甚好，但末句未免儒酸。"因为改定云"明日重扶残醉"，则迥不同矣。即日命解褐云。

潘牥（一首）

潘牥（约 1205—1246），字庭坚，号紫岩，初名公筠，为避理宗讳改，福州富沙（今属福建）人。端平二年（1235 年）进士第三名，调镇南军节度推官、衢州推官，皆未上。历浙西茶盐司干官，改宣教郎，除太学正，旬日出通判潭州。有《紫岩集》。赵万里《校辑宋金元人词》辑有《紫岩词》。现存词 5 首。

南乡子·题南剑州妓馆①

生怕倚阑干，阁下溪声阁外山。惟有旧时山共水，依然。暮雨朝云去不还。　　应是蹑飞鸾，月下时时整佩环。月又渐低霜又下，更阑。折得梅花独自看。

① 南剑州：今福建南平。

评注

明·沈际飞《草堂诗余正集》："阁下溪声阁外山"句，便已婉挚，况复足山水一句乎。结凄切。

清·黄氏《蓼园词选》：按溪山句、梅花句，似非忆妓所能，当或亦别有寄托，题或误耳。而词致俊雅，故自不同凡艳。

吴文英
（二十四首）

吴文英（约 1212—约 1272），字君特，号梦窗，晚年又号觉翁，四明（今浙江宁波）人，南宋词人。一生未第，游幕终身，于苏、杭、越三地居留最久，并以苏州为中心。游踪所至，每有题咏。晚年一度客居越州，先后为浙东安抚使吴潜及嗣荣王赵与芮门下客。吴文英作为南宋词坛大家，在词坛流派的开创和发展上，有比较高的地位，流传下来的词达 340 首，对后世词坛有较大的影响。

霜叶飞·重九

断烟离绪，关心事，斜阳红隐霜树。半壶秋水荐黄花，香噀西风雨①。纵玉勒、轻飞迅羽，凄凉谁吊荒台古。记醉踏南屏，彩扇咽寒蝉，倦梦不知蛮素。　　聊对旧节传杯，尘笺蠹管，断阕经岁慵赋②。小蟾斜影转东篱③，夜冷残蛩语④。早白发、缘愁万缕。惊飙从卷乌纱去，漫细将、茱萸看⑤，但约明年，翠微高处。

① 噀（xùn）：本作“潠”，喷水之意。

② “尘笺”两句：尘封稿笺，笔已生蠹，虽断阕却懒得赋诗。

③ 小蟾：小月。蟾，月亮。

④ 蛩语：秋虫的悲鸣。蛩，蟋蟀。此处指秋虫。

⑤ 茱萸：植物名。旧俗有重九节登高插茱萸之习。

评注

俞陛云《词境浅说》：起笔“离绪”句与下之“彩扇”“蛮素”相应，因重九而怀人也。下阕自述，结处兴复不浅。论其词句之工，则“半壶秋水”及“蟾影东篱”不过言采菊耳；而辞句秀逸，且有韵致。“白发”“乌纱”二句不过用落帽事耳；而寄慨无尽。上阕“玉勒”二句更作动荡之笔，此篇洵经意之作。

宴清都·连理海棠

绣幄鸳鸯柱①，红情密，腻云低护秦树②。芳根兼倚③，花梢钿

① 绣幄：锦绣帷幕。此处形容海棠花瓣。

合④，锦屏人妒。东风睡足交枝，正梦枕、瑶钗燕股⑤。障滟蜡、满照欢丛，嫠蟾冷落羞度⑥。 人间万感幽单，华清惯浴，春盎风露⑦。连鬟并暖，同心共结，向承恩处。凭谁为歌长恨？暗殿锁、秋灯夜语。叙旧期、不负春盟，红朝翠暮。

② 秦树：秦时有双株海棠，高达十丈。

③ 兼倚：鹣倚。鹣，比翼鸟。

④ 钿合：钿盒，有上下两层。

⑤ 燕股：钗之两股交叉如燕尾。

⑥ 嫠(lí)蟾：指嫦娥。嫠，女子无夫。蟾，月亮。

⑦ 盎：丰满的池水。

评注

刘永济《微睇室说词》：此词既以杨妃比花，以明皇与杨离合之事贯穿其中，实则又以杨妃比去妾以抒写自己离情，作者心细如发，而用笔灵活，绝不沾滞，是卷中咏物最工之作。

清·朱祖谋《彊邨老人评词》："障滟蜡、满照欢丛，嫠蟾冷落羞度。"濡染大笔何淋漓。

齐天乐（烟波桃叶西陵路）

烟波桃叶西陵路①，十年断魂潮尾。古柳重攀，轻鸥聚别，陈迹危亭独倚。凉飔乍起②，渺烟碛飞帆③，暮山横翠。但有江花，共临秋镜照憔悴④。 华堂烛暗送客，眼波回盼处，芳艳流水。素骨凝冰⑤，柔葱蘸雪⑥，犹忆分瓜深意。清尊未洗，梦不湿行云，漫沾残泪。可惜秋宵，乱蛩疏雨里。

① 桃叶：王献之的妾。此处借指吴文英所恋歌姬。

② 凉飔(sī)：凉风。

③ 碛(qì)：浅水中的沙洲。

④ 秋镜：秋水如镜。

⑤ 素骨：指歌姬的手。

⑥ 柔葱：歌姬的手指。

评注

俞陛云《词境浅说》：人当旧地重过，每生惆怅。况十年往事，潮上心头，古柳危亭，处处皆怀陈迹。以下若即咏怀人，便少回旋之地。"凉飔"五句从空际着笔，写临江风景，所谓情景两得也。下阕追忆别时，临歧千万语，只赢得青眸回盼。偶忆分瓜往事，细细写来，见余情之犹恋。后幅梦魂不到，清醑慵斟，但闻夜雨蛩声，洒一襟残泪耳。哀而不伤，自成雅调。

花犯·郭希道送水仙索赋

小娉婷①，清铅素靥②，蜂黄暗偷晕③，翠翘敧鬓④。昨夜冷中庭，月下相认。睡浓更苦凄风紧，惊回心未稳。送晓色、一壶葱茜⑤，才知花梦准。　　湘娥化作此幽芳，凌波路，古岸云沙遗恨。临砌影，寒香乱、冻梅藏韵。熏炉畔、旋移傍枕，还又见、玉人垂绀鬓⑥。料唤赏、清华池馆，台杯须满引⑦。

① 娉婷：美丽貌。

②"清铅"句：形容水仙的白瓣。靥：面上酒窝。

③ 蜂黄：唐时宫内妆饰，用以涂额。此处形容水仙花的黄蕊。

④ 翠翘：妇女头饰，似翠鸟尾之长毛，故名。此处形容绿叶。

⑤ 葱茜（qiàn）：青绿色。

⑥ 绀：青色。鬓：美发。

⑦ 台杯：大小杯重叠成套。

评注

清·陈洵《海绡说词》：自起句至"相认"，全是梦境。"昨夜"，逆入。"惊回"，反映。极力为"送晓色"一句追逼。复以"花梦准"三字勾转作结。后片是梦非梦，纯是写神。"还又见"应上"相认"，"料唤赏"应上"送晓色"。眉目清醒，度人金针。全从赵师雄《梦梅花》化出，须看其离合顺逆处。"

浣溪沙（门隔花深梦旧游）

门隔花深梦旧游，夕阳无语燕归愁。玉纤香动小帘钩①。　　落絮无声春堕泪，行云有影月含羞。东风临夜冷于秋。

① 玉纤：纤细洁白之手。

评注

俞陛云《唐五代两宋词选释》：句法将纵还收，似沾非着，以蕴酿之思，运妍秀之笔，可平睨方回，揽裾小晏矣。结句尤凄韵悠然。

清·陈廷焯《白雨斋词话》：结句贵情余言外，含蓄不尽。

浣溪沙（波面铜花冷不收）

波面铜花冷不收[1]，玉人垂钓理纤钩[2]。月明池阁夜来秋。江燕话归成晓别，水花红减似春休。西风梧井叶先愁。

[1] 铜花：铜镜。此处比喻波清如镜。

[2] 纤钩：新月之影。

评注

清·陈洵《海绡说词》："玉人垂钓理纤钩"，是下句倒影，非谓真有一玉人垂钓也。"纤钩"是月，"玉人"言风景之佳耳。"月明池阁"，下句醒出。甲稿《解蹀躞》"可怜残照西风，半妆楼上"，半妆亦谓残照西风。西子西湖，比兴常例，浅人不察，则谓觉翁晦耳。

点绛唇·试灯夜初晴[1]

卷尽愁云，素娥临夜新梳洗[2]。暗尘不起，酥润凌波地。辇路重来[3]，仿佛灯前事。情如水，小楼熏被，春梦笙歌里。

[1] 试灯：元宵节张灯结彩，正月十四为试灯日。

[2] 素娥：月亮。

[3] 辇（niǎn）路：帝王车驾行经之路。泛指京城大道。

评注

清·谭献《谭评词辨》：起稍平，换头见拗怒，"情如水"三句，足当"咳唾珠玉"四字。

俞陛云《唐五代两宋词选释》：此词亦记灯市之游。雨后月出，以素娥梳洗状之，语殊妍妙。下阕回首前游，辇路笙歌，犹闻梦里，今昔繁华之境，皆在梨雪漠漠中，词境在空际描写。

祝英台近·春日客龟溪游废园[1]

采幽香，巡古苑，竹冷翠微路[2]。斗草溪根，沙印小莲步[3]。自怜两鬓清霜，一年寒食，又身

[1] 龟溪：在今浙江德清。

[2] 翠微路：旁有青翠山色的小路。

在、云山深处。　昼闲度，因甚天也悭春④，轻阴便成雨？绿暗长亭，归梦趁风絮。有情花影阑干，莺声门径，解留我、霎时凝伫。

③ "斗草"两句：在溪边斗草，沙滩上留下脚印。斗草：妇女的斗草游戏。溪根：溪边。小莲步：女子小巧的脚步。

④ 天也悭（qiān）春：天也吝啬。舍不得多放晴朗的春光。

俞陛云《唐五代两宋词选释》：以霜鬓词人，当禁烟芳序，在冷香芳圃间独自行吟，况莲步沙痕，曾是丽人游处，自有一种凄清之思。时值春阴酿雨，花影絮香，作片时留恋，于无情处生情，词客每有此遐想。"长亭"二句风度翛然。"花影"三句为废圃顿添情致，到底不懈。

祝英台近·除夜立春①

剪红情，裁绿意②，花信上钗股③。残日东风，不放岁华去。有人添烛西窗，不眠侵晓，笑声转、新年莺语。　旧尊俎④，玉纤曾擘黄柑⑤，柔香系幽素⑥。归梦湖边，还迷镜中路。可怜千点吴霜，寒消不尽，又相对、落梅如雨。

① 除夜：每年农历十二月最后一天的晚上，第二天即正月初一。

② "剪红情"两句：把纸剪成红花绿叶。

③ 花信：花信风，即花期。

④ 尊俎：一作"樽俎"，古代盛酒用的器皿，常用为宴席的代称。

⑤ 擘：同"掰"，剖分切开。

⑥ 幽素：白绢。

清·陈廷焯《白雨斋词话》：梦窗精于造句，超逸处则仙骨珊珊，洗脱凡艳。幽索处，则孤怀耿耿，别缔古欢。如……《祝英台近》……剪红情，裁绿意，花信上钗股。残日东风，不放岁华去。

清·陈洵《海绡说词》：前阕极写人家守岁之乐，全为换头三句追摄远神。与"新腔一唱双金斗"一首，同一机杼。彼之何时，此之旧字，皆一篇精神所注。

澡兰香·淮安重午

盘丝系腕，巧篆垂簪①，玉隐绀纱睡觉②。银瓶露井③，彩箑云窗，往事少年依约。为当时曾写榴裙，伤心红绡褪萼。黍梦光阴，渐老汀洲烟箬④。　　莫唱江南古调，怨抑难招，楚江沉魄⑤。薰风燕乳，暗雨梅黄，午镜澡兰帘幕⑥。念秦楼、也拟人归，应剪菖蒲自酌⑦。但怅望、一缕新蟾，随人天角。

① "盘丝"两句：腕上系着五彩丝线，髻簪上垂着精巧的首饰。

② 玉：玉人。此处指词人所爱的歌姬。

③ 银瓶：酒器。此指宴筵。

④ 彩箑（shà）：彩扇。

⑤ 烟箬（ruò）：柔弱的蒲草。

⑥ "楚江"句：屈原。

⑦ 午镜：正午水清如镜。澡兰：旧俗五月五日，蓄兰沐浴。

> 评注

俞陛云《词境浅说》：梦窗喜藻饰字句，本意易晦。……而此则兼有人在，故上阕"榴裙"四句、下阕"秦楼"四句情辞尤为宛转。读梦窗词者，当在其缛丽而流利处求之。

清·先著、程洪《词洁辑评》：亦是午日应情事，但笔端幽艳，如古锦烂然。

风入松（听风听雨过清明）

听风听雨过清明，愁草瘗花铭①。楼前绿暗分携路②，一丝柳、一寸柔情。料峭春寒中酒，交加晓梦啼莺。　　西园日日扫林亭，依旧赏新晴。黄蜂频扑秋千索，有当时、纤手香凝。惆怅双鸳不到③，幽阶一夜苔生。

① 瘗（yì）花铭：庾信写有《瘗花铭》。瘗，埋葬。

② 分携：分手。

③ 双鸳：情人的绣鞋，鞋上绣有鸳鸯。

> 评注

俞陛云《唐五代两宋词选释》："丝柳"七字写情而兼录别，极深婉之思。起笔不遽言送别，而伤春惜花，以闲雅之笔引起愁思，是词手高处。"黄蜂"二句于无情处见多情，幽想妙辞，与"霜饱花腴""秋与云平"皆稿中有数名句。结处"幽阶"六字，在神光离合之间，非特情致绵邈，且余音袅袅也。

清·陈廷焯《白雨斋词话》：情深而语极纯雅，词中高境也。

莺啼序·春晚感怀

残寒正欺病酒，掩沉香绣户。燕来晚，飞入西城，似说春事迟暮。画船载、清明过却，晴烟冉冉吴宫树①。念羁情，游荡随风，化为轻絮。　　十载西湖，傍柳系马，趁娇尘软雾。溯红渐、招入仙溪，锦儿偷寄幽素②。倚银屏、春宽梦窄，断红湿、歌纨金缕。暝堤空，轻把斜阳，总还鸥鹭。　　幽兰旋老，杜若还生，水乡尚寄旅。别后访、六桥无信③，事往花委，瘗玉埋香④，几番风雨。长波妒盼，遥山羞黛，渔灯分影春江宿，记当时、短楫桃根渡⑤。青楼仿佛，临分败壁题诗，泪墨惨淡尘土。　　危亭望极，草色天涯，叹鬓侵半苎⑥。暗点检，离痕欢唾，尚染鲛绡。翦凤迷归⑦，破鸾慵舞⑧。殷勤待写，书中长恨，蓝霞辽海沉过雁⑨。漫相思、弹入哀筝柱⑩。伤心千里江南，怨曲重招，断魂在否⑪？

① 吴宫：此处指南宋朝廷的宫苑。

② 锦儿：人名，钱塘（今杭州）妓女杨爱爱的侍婢。此处泛指侍女。

③ 六桥：指西湖外有映波、锁澜、望山、压堤、东浦、跨虹六桥，为北宋苏轼建造。

④ 瘗：埋葬。玉、香：均借指美人。

⑤ 短楫桃根渡：送别爱人。相传桃根是桃叶的妹妹，这里借指爱人。楫，划船工具。

⑥ 鬓侵半苎（zhù）：鬓发半白。苎，白色的苎麻。喻白发。

⑦ "翦凤"句：孤独迷归的凤鸟垂下翅膀。翦：下垂貌，失意的样子。

⑧ "破鸾"句：写失去伴侣的痛苦。破鸾：指破镜，有破镜不能重圆的意思。

⑨ "蓝霞"句：天空海阔，音信沉沉。雁：传书的雁。这里指音信。

⑩ 哀筝柱：筝的声音凄凄哀怨。柱，用来系弦的部分。

⑪ "伤心"三句：出自《楚辞·招魂》："目极千里兮伤春心，魂兮归来哀江南。"

评注

清·陈廷焯《白雨斋词话》：全章精粹，空绝千古。

清·陈洵《海绡说词》：通篇离合变幻，一片凄迷，细绎之，正字字有脉络，然得其门者寡矣。

惜黄花慢（送客吴皋）

次吴江，小泊，夜饮僧窗惜别。邦人赵簿携小妓侑尊①。连歌数阕，皆清真词。酒尽已四鼓，赋此词饯尹梅津②。

送客吴皋③，正试霜夜冷，枫落长桥。望天不尽，背城渐杳，离亭黯黯，恨水迢迢。翠香零落红衣老④，暮愁锁、残柳眉梢。念瘦腰、沈郎旧日，曾系兰桡⑤。　　仙人凤咽琼箫，怅断魂送远，九辩难招。醉鬟留盼，小窗剪烛，歌云载恨，飞上银霄。素秋不解随船去，败红趁、一叶寒涛。梦翠翘⑥，怨鸿料过南谯⑦。

① 赵簿：姓赵的主簿。主簿，州县内的属吏。

② 尹梅津：名焕，词人好友。

③ 皋：水边的高地。

④ 红衣：荷花。

⑤ 桡：船桨。此处指船。

⑥ 翠翘：女子头饰。此处指词人所思之妇。

⑦ 南谯：南鼓楼。

评注

清·万树《词律》：梦窗七宝楼台，拆下不成片段；然其用字精审处，严确、可爱。如此调有二首……律吕之学，必有不可假借如此。

清·陈洵《海绡说词》：题外有事，当与《瑞龙吟》"黯分袖"参看。"沈郎"谓梅津，"系兰桡"盖有所眷也。"仙人"谓所眷者，"凤箫"则有夫妇之分。"断魂"二句，言如此分别，虽《九辩》难招，况清真词乎？含思凄婉，转出下四句，实处皆空矣。"素秋"言此间风景不随船去，则两地趁涛，惟叶依稀有情。"翠翘"即上之仙人，特不知与《瑞龙吟》所别是一是二。

高阳台·落梅

宫粉雕痕，仙云堕影，无人野水荒湾。古石埋香①，金沙锁骨连环②。南楼不恨吹横笛，恨晓风、千里关山。半飘零，庭上黄昏，月

① "古石"句：前蜀秦州节度使王承检筑城，获一石刻女子棺铭，上有"深深葬玉，郁郁埋香"之语。

冷阑干。　寿阳空理愁鸾[3]，问谁调玉髓，暗补香瘢？细雨归鸿，孤山无限春寒。离魂难倩招清些，梦缟衣[4]、解佩溪边。最愁人，啼鸟晴明，叶底青圆。

② "金沙"句：延州有妇人既绞，有西域胡僧谓此即锁骨菩萨。

③ "寿阳"句：寿阳公主空对镜发愁。

④ 缟衣：素衣；白衣。

评注

俞陛云《词境浅说》：正如《曝书亭词》所谓："一半是空中传恨"也。但"千里关山"句寓离索之思，"叶底青圆"句发蹉跎之悔，兼有"绿叶成阴子满枝"之感。论者谓梦窗言情诸作，皆为所眷彼姝而发，虽未必尽然，但此词当有所指。

高阳台·丰乐楼分韵得"如"字[1]

修竹凝妆，垂杨驻马，凭阑浅画成图。山色谁题？楼前有雁斜书。东风紧送斜阳下，弄旧寒、晚酒醒余。自消凝[2]，能几花前，顿老相如[3]？　伤春不在高楼上，在灯前敧枕，雨外熏炉。怕舣游船[4]，临流可奈清癯[5]？飞红若到西湖底，搅翠澜、总是愁鱼。莫重来，吹尽香绵，泪满平芜。

① 丰乐楼：宋时杭州酒楼，在涌金门外。

② 消凝：销魂凝望。

③ 相如：司马相如。

④ 舣：停船靠岸。

⑤ 清癯(qú)：消瘦。

评注

俞陛云《词境浅说》：前五句写登楼之景。"东风"数句言频年欢宴，竟日沉酣，不意容易春光，相如渐老。转头处以劲笔一折，承上老去意，推进一层，言不仅伤春易逝，而夜雨剪灯，怀人更切，倘有画舸人来，其奈此清癯之态何！"飞红"二句写愁极幽邃之思。昔人评韩昌黎"刺手拔鲸牙"句，谓诗心深入九渊，此句颇似之。楼为登临繁盛地，而词笔凄清如是，梦窗其秋士多悲耶？

三姝媚·过都城旧居有感

湖山经醉惯，渍春衫、啼痕酒痕无限。又客长安，叹断襟零袂①，涴尘谁浣②。紫曲门荒，沿败井、风摇青蔓③。对语东邻，犹是曾巢，谢堂双燕。　　春梦人间须断，但怪得当年，梦缘能短。绣屋秦筝，傍海棠偏爱，夜深开宴④。舞歇歌沉，花未减、红颜先变。伫久河桥欲去，斜阳泪满。

① 断襟零袂：衣服破烂。袂，衣袖。

② 涴：为泥土所沾污。

③ "紫曲"两句：门荒、败井、蔓草迎风，明白展现了旧居的荒凉。青蔓：指蔓生的青草。

④ "绣屋"三句：是说承平时的歌筵酒宴。绣屋：华丽的住所。秦筝：筝为拨弦乐器。因战国时流行于秦地，故名。

评注

俞陛云《词境浅说》：酒与泪并，为频年悲欢交集之证，语殊恻怆。"长安"三句素衣化缁，有少陵"憔悴京华"之慨。"紫曲"句以下，重过旧居，如梁燕还巢，井废蔓荒，写一片萧寥之状。下阕言早知春梦难长，但梦何太促。以下"秦筝""夜宴"等语，乃追写春梦方酣之事，今独立斜阳，河桥花影依然，而朱颜老去，历历前尘，安得不感时溅泪耶！

八声甘州·灵岩陪庾幕诸公游

渺空烟四远，是何年、青天坠长星？幻苍崖云树，名娃金屋，残霸宫城①。箭径酸风射眼②，腻水染花腥。时靸双鸳响，廊叶秋声③。

宫里吴王沉醉，倩五湖倦客，独钓醒醒④。问苍波无语，华发奈山青。水涵空、阑干高处，送乱鸦、斜日落渔汀。连呼酒、上琴台去，秋与云平。

① 名娃：指美女。此处指西施。残霸：指春秋时吴王夫差。

② 箭径：即采香径。酸风射眼：指冷风刺眼。

③ "时靸(sǎ)"两句：双鸳：妇女穿的鞋子。廊：响屧廊。

④ "倩五湖"两句：只有寄托江湖、弃官不做的范蠡才是清醒的。

宋·张炎《词源》：词中句法，要平妥精粹。一曲之中，安能句句高妙？只要拍搭衬副得去，于好发挥笔力处，极要用工，不可轻易放过，读之使人击节可也。如吴梦窗登灵岩云："连呼酒、上琴台去，秋与云平。"闰重九云："帘半卷，带黄花，人在小楼。"皆平易中有句法。

踏莎行（润玉笼绡）

润玉笼绡①，檀樱倚扇②，绣圈犹带脂香浅。榴心空叠舞裙红，艾枝应压愁鬟乱。　午梦千山，窗阴一箭，香瘢新褪红丝腕。隔江人在雨声中，晚风菰叶生秋怨③。

① "润玉"句：软绡轻笼着润玉般的肌肤。

② "檀樱"句：彩扇遮掩樱唇。檀樱：红唇。

③ 菰：多年生草本植物，也名"茭白"。

近代·王国维《人间词话》：介存谓梦窗词之佳者，如水光云影，摇荡绿波，抚玩无极，追寻已远。余览梦窗甲乙丙丁稿中，实无足当此者。有之，其"隔江人在雨声中，晚风菰叶生秋怨"二语乎。

瑞鹤仙（晴丝牵绪乱）

晴丝牵绪乱，对沧江斜日，花飞人远。垂杨暗吴苑，正旗亭烟冷①，河桥风暖。兰情蕙盼②，惹相思、春根酒畔。又争知、吟骨萦消③，渐把旧衫重剪。　凄断，流红千浪，缺月孤楼，总难留燕。歌尘凝扇，待凭信，拌分钿④。试挑灯欲写，还依不忍，笺幅⑤偷和泪卷。寄残云剩雨蓬莱，也应梦见。

① 旗亭：酒楼。

② "兰情"句：喻以目传情。

③ 争知：怎知。

④ 分钿：分别。

⑤ 笺幅：信笺。

清·陈洵《海绡说词》：吴苑是其人所在，此时觉翁不在吴也，故曰"花飞人远"。……"旗亭"二句，当年邂逅，正是此时。"兰情"二句，对面反击，跌落下二句，思力沉透极矣。旧衫是其人所裁，"流红千浪"，复上阕之花飞。"缺月孤楼，总难留燕"，复上阕之人远，为"凄断"二字钩勒。"歌尘凝扇"，对上"兰情蕙盼"，人一处，物一处。"待凭信，拌分钿"，纵开，"还依不忍"，仍转故步。"笺幅偷和泪卷"，复"挑灯欲写"，疑往而复，欲断还连，是深得清真之妙者。"应梦见"，尚不曾梦见也。含思凄婉，低回无尽。

鹧鸪天·化度寺作①

池上红衣伴倚阑②，栖鸦常带夕阳还。殷云度雨疏桐落③，明月生凉宝扇闲。　乡梦窄，水天宽，小窗愁黛淡秋山。吴鸿好为传归信，杨柳阊门屋数间④。

① 化度寺：在今杭州江涨桥附近。
② 红衣：红莲。
③ 殷云：浓云。
④ 阊门：苏州城门名。

评注

清·陈洵《海绡说词》："杨柳阊门"，其去姬所居也。全神注定，是此一句。吴鸿归信，言己亦将去此间矣，眼前风景何有焉。

夜游宫（人去西楼雁杳）

人去西楼雁杳，叙别梦、扬州一觉。云淡星疏楚山晓。听啼乌，立河桥，话未了。　雨外蛩声早①，细织就、霜丝多少②？说与萧娘未知道③。向长安，对秋灯，几人老？

① 蛩：蟋蟀。此处指秋虫。
② 霜丝：白发。
③ 萧娘：所爱女子的泛称。

评注

清·陈洵《海绡说词》："楚山"，梦境，"长安"，京师，是运典。"扬州"，则旧游之地，是赋事。此时觉翁身在临安也。词则沉朴浑厚，直是清真后身。

青玉案（新腔一唱双金斗）

新腔一唱双金斗[1]，正霜落，分柑手[2]。已是红窗人倦绣，春词裁烛[3]，夜香温被[4]，怕减银壶漏。

吴天雁晓云飞后[5]，百感情怀顿疏酒。彩扇何时翻翠袖，歌边拌取[6]，醉魂和梦，化作梅花瘦。

[1] 金斗：金勺，一种酒器。
[2] 柑手：果名，橘属。
[3] "春词"句：烛下吟诗。
[4] "夜香"句：用熏炉烘被子。
[5] 吴天：犹言吴地。云飞：喻情人分离。
[6] 拌：也有作"拼"。

评注

清·陈廷焯《别调集》：接笔好。

清·陈洵《海绡说词》："疏酒"，因无"翠袖"故也，却用上阕人家度岁之乐，层层对照，为"何时"二字，十二分出力。

贺新郎·陪履斋先生沧浪看梅[1]

乔木生云气，访中兴、英雄陈迹[2]，暗追前事。战舰东风悭借便[3]，梦断神州故里。旋小筑、吴宫闲地，华表月明归夜鹤，叹当时、花竹今如此。枝上露，溅清泪。　　遨头小簇行春队[4]，步苍苔、寻幽别墅，问梅开未？重唱梅边新度曲，催发寒梢冻蕊。此心与、东君同意。后不如今今非昔，两无言、相对沧浪水。怀此恨，寄残醉。

[1] 履斋：吴潜，号履斋，当时在苏州做地方官，词人为他的幕僚。沧浪：亭名，在今苏州南，南宋时为韩世忠别墅所在地。
[2] 英雄：这里指韩世忠，南宋抗金名将。
[3] 战舰：韩世忠在黄天荡大败金兵之捷。东风悭借便：意谓韩世忠在黄天荡一战未能生擒金兀术，是天不助宋。
[4] 遨头：太守。

评注

清·陈洵《海绡说词》：前阕沧浪起，看梅结。后阕看梅起，沧浪结。章法一丝不走。

清·陈廷焯《白雨斋词话》：感慨身世，激烈语偏说得温婉，境地最高。

唐多令（何处合成愁）

何处合成愁？离人心上秋[1]。纵芭蕉、不雨也飕飕[2]。都道晚凉天气好，有明月、怕登楼。　　年事梦中休[3]，花空烟水流。燕辞归、客尚淹留[4]。垂柳不萦裙带住，漫长是、系行舟[5]。

[1] "离人"句：心上加秋为愁。这里指离愁。

[2] "纵芭蕉"句：纵然不下雨，芭蕉也飕飕作响。

[3] 年事：年岁。

[4] 客：词人自称。淹留：久留。

[5] "垂柳"两句：垂柳不留住人，却老是空费心思系住行舟。萦：旋绕。裙带：行人。

评注

清·王士祯《花草蒙拾》："何处合成愁？离人心上秋。"滑稽之隽，与龙辅《闺怨》诗："得郎一人来，便可成仙去。"同是《子夜》变体。

宋·张炎《词源》：此词疏快，却不质实。

萧泰来
（一首）

萧泰来，生卒年不详，字则阳，一说字阳山，号小山，临江（今四川忠县）人。宋代诗人，绍定二年（1229年）进士。宝祐元年（1253年），自起居郎出守隆兴府。又曾为御史。著有《小山集》。存词2首。

霜天晓角·梅

千霜万雪，受尽寒磨折。赖是生来瘦硬①，浑不怕、角吹彻②。

清绝③，影也别④，知心惟有月。原没春风情性⑤，如何共、海棠说⑥。

① 赖是：亏得。一作"赖得"。瘦硬：体瘦细而劲健。

② 浑：全。角：军中乐器。古曲有《梅花落》。彻：彻骨。

③ 清绝：清洁得一尘不染。

④ 别：与众不同，别有情趣。

⑤ 情性：本性。

⑥ 说：这里指结缘。

评注

清·查礼《铜鼓书堂词话》：命意措词，自觉不凡。而于乐章风格，亦见雅俊，较之徒事艳冶绮语者，其身份高若干等第，词家审之。

王沂孙
（五首）

王沂孙（？—约1290），字圣与，又字咏道，号碧山，又号中仙，因家住玉笥山，故又号玉笥山人，南宋会稽（今浙江绍兴）人，曾任庆元路学正。王沂孙工词，风格接近周邦彦，含蓄深婉，如《花犯·苔梅》之类。其清峭处，又颇似姜夔，张炎说他"琢语峭拔，有白石意度"。尤以咏物为工，如《齐天乐·蝉》《水龙吟·白莲》等，皆善于体会物象以寄托感慨。王沂孙在宋末格律派词人中是一位有显著艺术个性的词家，与周密、张炎、蒋捷并称"宋末词坛四大家"，其词章法缜密。词集《碧山乐府》，一称《花外集》，收词60余首。

天香·龙涎香①

孤峤蟠烟②，层涛蜕月，骊宫夜采铅水。汛远槎风，梦深薇露，化作断魂心字。红瓷候火③，还乍识、冰环玉指。一缕萦帘翠影，依稀海天云气。　　几回殢娇半醉，剪春灯、夜寒花碎。更好故溪飞雪，小窗深闭。荀令如今顿老④，总忘却、尊前旧风味。漫惜余薰，空篝素被。

① 龙涎香：香料名。

② 峤（jiào）：尖而高的山。此指海中礁石。

③ 候火：焙制龙涎香时须时守候的适当文火。

④ 荀令：东汉末荀彧，曾任尚书令，故称"荀令"。

[评注]

清·陈廷焯《白雨斋词话》：碧山《天香·龙涎香》一阕，庄希祖云："此词应为谢太后作。前半所指，多海外事。"此论正合余意。惟后叠云："荀令如今渐老，总忘却、尊前旧风味。"必有所兴。但不知其何所指。读者各以意会可也。

眉妩·新月

渐新痕悬柳，淡彩穿花，依约破初暝。便有团圆意，深深拜①，

① 拜：古时有妇女拜新月之习俗。

相逢谁在香径。画眉未稳，料素娥、犹带离恨。最堪爱、一曲银钩小，宝帘挂秋冷。　千古盈亏休问。叹慢磨玉斧②，难补金镜③。太液池犹在，凄凉处、何人重赋清景。故山夜永。试待他、窥户端正④。看云外山河，还老尽、桂花影。

② 慢磨玉斧：传说月中有吴刚以玉斧砍桂一事。

③ 金镜：喻月亮。

④ 端正：月圆。

评注

清·陈廷焯《大雅集》：后半忽用纵笔，却又是虚笔，寄慨无端，别有天地，极龙跳虎卧之奇，海涵地负之观。

齐天乐·蝉

一襟余恨宫魂断①，年年翠阴庭树。乍咽凉柯②，还移暗叶，重把离愁深诉。西窗过雨，怪瑶佩流空，玉筝调柱。镜暗妆残，为谁娇鬓尚如许③。　铜仙铅泪似洗，叹移盘去远，难贮零露。病翼惊秋，枯形阅世，消得斜阳几度？余音更苦。甚独抱清商④，顿成凄楚。漫想薰风⑤，柳丝千万缕。

① "一襟"句：传说古代齐国王后饮恨而死，魂化为蝉。

② "乍咽"句：刚在枝头悲鸣。凉柯：指秋天的树枝。

③ 娇鬓：指蝉翼薄而缥缈如鬓云。

④ 清商：哀怨凄清的曲调。此处指蝉鸣。

⑤ 薰风：南风。

评注

清·周济《宋四家词选》：此家国之恨。

清·张惠言《词选批注》：首句"宫魂"字点清命意。"乍咽""还移"，概播迁也。"西窗"三句，伤敌骑暂退，宴安如故也。"镜暗妆残"，残破满眼。"为谁"句，指当日修容饰貌，侧媚依然。哀世臣主全无心肺，真千古一辙也。"铜仙"三句，伤宗室重宝均被迁夺北去也。"病翼"三句，更是痛哭流涕，大声疾呼，言海微栖流，断不能久也。"余音"三句，哀怨难论也。"漫想薰风，柳丝千万"，责诸人当此尚安危利灾，视若全盛也。语意明显，凄婉至不能卒读。

高阳台·和周草窗寄越中诸友韵 ①

残雪庭阴，轻寒帘影，霏霏玉管春葭。小帖金泥②，不知春在谁家？相思一夜窗前梦，奈个人、水隔天遮。但凄然、满树幽香，满地横斜。　　江南自是离愁苦，况游骢古道，归雁平沙。怎得银笺，殷勤与说年华。如今处处生芳草，纵凭高、不见天涯。更消他，几度东风，几度飞花。

① 周草窗：周密，号草窗，南宋词人。

② "小帖"句：泥金纸的宜春帖子。古时习俗，立春日贴帖子，或写"宜春"两字，或写诗句。

评注

清·谭献《谭评词辨》："相思"句点读清醒，换头又是一层钩勒；《诗品》云返虚入浑，"如今"二句是也。

清·张惠言《张惠言论词》：此伤君臣宴安，不思国耻，天下将亡也。

清·况周颐《蕙风词话》：结笔低徊掩抑，荡气回肠。

法曲献仙音·聚景亭梅次草窗韵 ①

层绿峨峨②，纤琼皎皎③，倒压波痕清浅。过眼年华，动人幽意，相逢几番春换。记唤酒寻芳处，盈盈褪妆晚。　　已消黯。况凄凉、近来离思，应忘却、明月夜深归辇。荏苒一枝春，恨东风、人似天远。纵有残花，洒征衣、铅泪都满。但殷勤折取，自遣一襟幽怨。

① 聚景亭：南宋御园。香雪亭在其园内。

② 层绿：绿梅。

③ 纤琼：细玉。此处指白梅。

俞陛云《唐五代两宋词选释》：亭在聚景园中，梅林极盛。碧山屡往游之，故上阕有几度寻芳之语。……故下阕云"明月夜深归辇"，想见当日宸游之乐。迨年久境迁，园亭芜圮，悠悠行客，孰动余悲。故"满"字韵云纵有残花，惟凄凉过客泪洒征衣耳。

周密（四首）

周密（1232—约1298），字公谨，号草窗，又号四水潜夫、弁阳老人、华不注山人，南宋词人、文学家。祖籍济南，流寓吴兴（今浙江湖州）。宋德右间为义乌县（今属浙江）令，入元隐居不仕。诗文都有成就，能诗画音律，尤好藏弃校书，著有《齐东野语》《武林旧事》《癸辛杂识》《志雅堂要杂钞》等杂著数十种。其词远祖清真，近法姜夔，风格清雅秀润，与吴文英并称"二窗"。词集名为《蘋洲渔笛谱》《草窗词》。

瑶华（朱钿宝玦）

后土之花，天下无二本。方其初开，帅臣以金瓶飞骑进之天上，间亦分致贵邸。余客辇下，有以一枝（下缺。按他本题改作"琼花"）。

朱钿宝玦，天上飞琼①，比人间春别。江南江北，曾未见、漫拟梨云梅雪。淮山春晚，问谁识、芳心高洁？消几番、花落花开，老了玉关豪杰。　　金壶剪送琼枝，看一骑红尘②，香度瑶阙。韶华正好，应自喜、初识长安蜂蝶。杜郎老矣，想旧事、花须能说。记少年、一梦扬州，二十四桥明月。

① 天上：皇宫。飞琼：许飞琼，传说中西王母的侍女。

② 一骑红尘：语出杜牧的《过华清宫》："一骑红尘妃子笑，无人知是荔枝来。"

评注

清·陈廷焯《白雨斋词话》：不是咏琼花，只是一片感叹，无可说处，借题一发泄耳。

玉京秋（烟水阔）

长安独客，又见西风，素月丹枫，凄然其为秋也，因调夹钟羽一解。

烟水阔。高林弄残照，晚蜩凄切①。碧砧度韵②，银床飘叶。衣湿桐阴露冷，采凉花、时赋秋雪③。叹轻别，一襟幽事，砌虫能说④。

客思吟商还怯，怨歌长、琼壶暗缺⑤。翠扇恩疏⑥，红衣香褪，翻成消歇。玉骨西风，恨最恨、闲却新凉时节。楚箫咽，谁倚西楼淡月。

① 蜩（tiáo）：蝉。

② 砧（zhēn）：通"碪"，捣衣之石。

③ 秋雪：这里指芦花。

④ 砌：墙缝里的蟋蟀。

⑤ 琼壶暗缺：典出王敦事。王敦咏"老骥伏枥"时用铁如意击唾壶，使之破缺，曰"唾壶击缺"。

⑥ 翠扇：荷叶。

评注

清·陈廷焯《白雨斋词话》：此词精金百炼，既雄秀，又婉雅，几欲空绝古今，一"暗"字，其恨在骨。

曲游春（禁苑东风外）

禁烟湖上薄游①，施中山赋词甚佳②，余因次其韵。盖平时游舫，至午后则尽入里湖，抵暮始出，断桥小驻而归，非习于游者不知也。故中山极击节余"闲却半湖春色"之句③，谓能道人之所未云。

禁苑东风外，飏暖丝晴絮，春思如织。燕约莺期，恼芳情偏在，翠深红隙。漠漠香尘隔，沸十里、乱弦丛笛。看画船、尽入西泠④，闲却半湖春色。　柳陌，新烟凝碧，映帘底宫眉⑤，堤上游勒⑥。

① 禁烟：这里指寒食节。旧俗寒食节要禁烟火，故云。薄游：游历。薄，句首语气词，无意义。

② 施中山：名岳，字中山，能词，精音律。

③ 击节：赞赏之意。

轻暝笼寒，怕梨云梦冷，杏香愁幂⑦。歌管酬寒食，奈蝶怨、良宵岑寂。正满湖、碎月摇花，怎生去得？

④ 西泠(líng)：桥名，在西湖白堤上。后也称西湖为"西泠"。

⑤ 官眉：宫中丽人。

⑥ 游勒：骑马的游人。

⑦ 幂：覆盖。

评注

俞陛云《词境浅说》：马臻《霞外集》有诗云："画船过午入西泠。人拥孤山陌上尘。应被弁阳模写尽，晚来闲却半湖春。"盖纪实也。

花犯·水仙花

楚江湄①，湘娥再见，无言洒清泪，淡然春意。空独倚东风，芳思谁寄？凌波路冷秋无际，香云随步起。漫记得、汉宫仙掌，亭亭明月底。　　冰弦写怨更多情，骚人恨，枉赋芳兰幽芷。春思远，谁叹赏、国香风味②？相将共、岁寒伴侣③。小窗静，沉烟熏翠袂。幽梦觉、涓涓清露，一枝灯影里。

① 湄(méi)：岸边，水草交接处。

② 国香：本称兰为国香，此处谓水仙为国香。

③ 岁寒：松竹经冬不凋，梅则耐寒开花，故有"岁寒三友"之称。

评注

清·周济《宋四家词选》：草窗长于赋物，然惟此及琼花二阕，一意盘旋，毫无渣滓。他作纵极工切，不免就题寻典，就典趁韵，就韵成句，堕落苦海矣，特拈出之，以为南宋诸公针砭。

陆叡（一首）

陆叡（？—1266），字景思，号西云，会稽（今浙江绍兴）人，宋代官吏、词人。绍定五年（1232 年）进士，淳祐中沿江制置使参议。宝祐五年（1257 年），白礼部员外郎除秘书少监，又除起居舍人。后官至集英殿修撰，江南东路计度转运副使兼淮西总领。存词 3 首。代表词作为《瑞鹤仙》。

瑞鹤仙（湿云黏雁影）

湿云黏雁影，望征路愁迷，离绪难整。千金买光景，但疏钟催晓，乱鸦啼暝。花悰暗省①，许多情，相逢梦境。便行云都不归来，也合寄将音信。　　孤迥②，盟鸾心在，跨鹤程高，后期无准。情丝待剪，翻惹得旧时恨。怕天教何处，参差双燕，还染残朱剩粉。对菱花与说相思③，看谁瘦损④？

① 悰（cóng）：欢乐。
② 孤迥：志趣高远。
③ 菱花：菱花镜。
④ 瘦损：消瘦。

评注

元·陆辅之《词旨》："对菱花与说相思，看谁瘦损？"警句。

刘辰翁（四首）

刘辰翁（1232—1297），字会孟，别号须溪，又自号须溪居士、须溪农、小耐，门生后人称"须溪先生"。庐陵灌溪（今江西吉安市吉安县梅塘乡小灌村）人，南宋末年爱国词人。景定三年（1262年），登进士第。因与权臣贾似道不合，以母老为由请为濂溪书院山长。后应江万里邀，入福建转运司幕、安抚司幕。度宗咸淳元年（1265年），为临安府教授，后入江东转运司幕。咸淳五年（1270年），在中书省架阁库任事。宋亡后，矢志不仕，回乡隐居，埋头著书。一生致力于文学创作和文学批评活动，为后人留下丰厚的文化遗产。作词数量位居宋朝第三，仅次于辛弃疾、苏轼。风格取法苏辛而又自成一体，豪放沉郁而不求藻饰，真挚动人，力透纸背。代表作为《兰陵王·丙子送春》《永遇乐·璧月初晴》等。

兰陵王·丙子送春①

送春去，春去人间无路。秋千外，芳草连天，谁遣风沙暗南浦②？依依甚意绪？漫忆海门飞絮。乱鸦过、斗转城荒③，不见来时试灯处④。

春去谁最苦？但箭雁沉边⑤，梁燕无主⑥。杜鹃声里长门暮。想玉树凋土，泪盘如露。咸阳送客屡回顾，斜日未能度。　　春去尚来否？正江令恨别，庾信愁赋，苏堤尽日风和雨。叹神游故国，花记前度。人生流落，顾孺子，共夜语。

① 丙子送春：用"春去"象征宋亡。

② 风沙：比喻敌军。南浦：风景美好的水乡。此处借指宋朝锦绣河山。

③ 乱鸦：这里指元军。斗转：北斗星转移了位置，表示时间已过。

④ 来时：前时。试灯：张灯。

⑤ 箭雁沉边：指元军把南宋君臣带到北方。箭雁，受箭伤的雁。比喻精神受到创伤的南宋君臣。

⑥ "梁燕"句：喻流散的南宋士大夫。

评注

清·陈廷焯《白雨斋词话》：题是送春，词是悲宋。曲折说来，有多少眼泪。

明·卓人月《古今词统》："送春去"二句悲绝，"春去谁最苦"四句凄清，何减夜猿，第三叠悠扬悱恻，即以为《小雅》《楚骚》可也。

永遇乐（璧月初晴）

余自乙亥上元①，诵李易安《永遇乐》，为之涕下。今三年矣，每闻此词，辄不自堪，遂依其声，又托之易安自喻，虽辞情不及，而悲苦过之。

璧月初晴②，黛云远淡，春事谁主？禁苑娇寒③，湖堤倦暖，前度遽如许④。香尘暗陌，华灯明昼，长是懒携手去。谁知道，断烟禁夜，满城似愁风雨。　　宣和旧日⑤，临安南渡，芳景犹自如故。缃帙流离⑥，风鬟三五，能赋词最苦。江南无路，鄜州今夜，此苦又谁知否。空相对、残釭无寐，满村社鼓。

① 乙亥：宋恭帝德祐元年（1275）。

②“璧月”句：暮雨初晴，璧月上升。璧月：以圆形的玉比喻圆月。

③“禁苑”句：皇帝苑园不许宫外人游玩，故称“禁苑”。娇寒：嫩寒；微寒。

④“前度”句：意为再来临安时，局势变化如此之快。

⑤“宣和”句：宋徽宗宣和年间汴京的繁华盛况。

⑥ 缃帙：书卷。流离：散失。

> **评注**
>
> 胡云翼《宋词选》：这首词作于1278年，临安已于两年前(1276)被元军占领，南宋大部分土地已经沦陷，只剩下广东一隅的地方，看来也支撑不下去。这就是作者所谓比李清照"悲苦过之"的。

摸鱼儿·酒边留同年①徐云屋

怎知他、春归何处？相逢且尽尊酒。少年袅袅天涯恨，长结西湖烟柳。休回首，但细雨断桥②，憔悴人归后。东风似旧，问前度桃花，刘郎能记，花复认郎否？
君且住，草草留君剪韭③，前宵正恁时候。深杯欲共歌声滑，翻湿春衫半袖。空眉皱，看白发尊前，已

① 同年：同榜进士。

② 断桥：西湖断桥。

③ 剪韭：粗茶淡饭。

似人人有。临分把手，叹一笑论文，清狂顾曲④，此会几时又？

④ 顾曲：语出《三国志·吴志·周瑜传》："瑜少精意于音乐，虽三爵之后，其有阙误，瑜必知之，知之必顾，故时人谣曰：'曲有误，周郎顾。'"后来便称欣赏音乐或戏曲为"顾曲"。

评注

清·况周颐《蕙风词话》：须溪词风格迺上似稼轩，情辞跌宕似遗山。有时意笔俱化，纯任天倪，竟能略似坡公。往往独到之处，能以中锋达意，以中声赴节，世或目为别调，非知人之言也。

宝鼎现（红妆春骑）①

红妆春骑②。踏月影、竿旗穿市。望不尽、楼台歌舞，习习香尘莲步底③。箫声断、约彩鸾归去④，未怕金吾呵醉。甚辇路、喧阗且止，听得念奴歌起⑤。　　父老犹记宣和事，抱铜仙、清泪如水⑥。还转盼、沙河多丽。滉漾明光连邸第，帘影冻、散红光成绮⑦。月浸葡萄十里，看往来，神仙才子，肯把菱花扑碎⑧。　　肠断竹马儿童，空见说、三千乐指⑨。等多时、春不归来，到春时欲睡。又说向、灯前拥髻。暗滴鲛珠坠。便当日、亲见霓裳，天上人间梦里。

① 词作于元成宗大德元年（1297）正月。词人于这一年去世。

② "红妆"句：妇女盛妆出游，到处都是香车宝马。

③ 习习：尘土飞扬状。莲步：美人的脚步。

④ 彩鸾：仙女。

⑤ 念奴：唐玄宗时著名歌妓。此处泛指歌女。

⑥ 抱铜仙：指暗伤亡国。铜仙，泛指国之珍宝。

⑦ 冻：通"动"。

⑧ 菱花：镜子。

⑨ 指：用来计算人数的词，十指为"一人"。

评注

清·王奕清等《历代诗话》：刘辰翁作《宝鼎现》词，时为大德元年，自题曰"丁西元夕"。亦义熙旧人只书甲子之意。其词有云……反反覆覆，字字悲咽，孤竹彭泽之流。

朱嗣发（一首）

朱嗣发（1234—1304），字士荣，号雪崖，其祖先当建炎、绍兴之际，避兵乌程常乐乡（今浙江湖州）。宋亡前，尝以登仕郎就漕试，不利，专志奉亲。咸淳末，补朝奉郎，杜门绝仕。宋亡后，举充提学学官，不受。《阳春白雪》录其词1首。

摸鱼儿（对西风、鬓摇烟碧）

对西风、鬓摇烟碧，参差前事流水。紫丝罗带鸳鸯结，的的镜盟钗誓。浑不记、漫手织回文，几度欲心碎。安花著叶，奈雨覆云翻，情宽分窄①，石上玉簪脆。　　朱楼外，愁压空云欲坠，月痕犹照无寐。阴晴也只随天意，枉了玉消香碎。君且醉。君不见、长门青草春风泪。一时左计②。悔不早荆钗，暮天修竹，头白倚寒翠。

① 分：缘分。
② 左计：失算。

评注

宋·牟巘《牟氏陵阳集》：雪崖生端平甲午，夙通敏嗜书，尝以登仕郎就漕试，不利，辄弃去，颛志奉亲，日调护其眠食，不肯离左右……独能修学宫，礼贤士，与流俗异趋……勉清隐处士之号，以雪崖扁其便斋，标致高矣。为人恬淡简约，桐帽棕鞋，徜徉山水间，吟啸自适。

蒋 捷（二首）

蒋捷（约 1245—1305 后），字胜欲，号竹山，阳羡（今江苏宜兴）人，南宋词人。先世为宜兴大族，南宋咸淳十年（1274 年）进士。南宋覆灭后，他深怀亡国之痛，隐居不仕，人称"竹山先生""樱桃进士"，其气节为时人所重。长于词，与周密、王沂孙、张炎并称"宋末四大家"。其词多抒发故国之思、山河之恸，风格多样，而以悲凉清俊、萧寥疏爽为主。尤以造语奇巧之作，在宋季词坛上独标一格。著《竹山词》。

贺新郎（梦冷黄金屋）

梦冷黄金屋。叹秦筝、斜鸿阵里，素弦尘扑。化作娇莺飞归去，犹认纱窗旧绿。正过雨、荆桃如菽。此恨难平君知否？似琼台、涌起弹棋局①。消瘦影，嫌明烛。　　鸳楼碎泻东西玉②。问芳踪、何时再展？翠钗难卜。待把宫眉横云③样，描上生绡④画幅，怕不是、新来妆束。彩扇红牙⑤今都在，恨无人、解听开元曲。空掩袖，倚寒竹。

① 弹棋局：弹棋，古代的一种游戏。此处指世事如棋局变化一样不可捉摸。
② 东西玉：酒器名。
③ 横云：唐代女子眉形。
④ 生绡：没有煮过的绸布。
⑤ 红牙：牙板，乐器。

评注

清·陈廷焯《白雨斋词话》：竹山集中，便算最高之作。乃秀水必谓其效法白石，何异痴人说梦耶？

女冠子·元夕

蕙花香也，雪晴池馆如画。春风飞到，宝钗楼上，一片笙箫，琉璃光射①。而今灯漫挂，不是暗尘明月，那时元夜。况年来、心懒意怯，羞与蛾儿争耍。　　江城人悄

① 琉璃：用五彩琉璃制成的彩灯。
② 烛（xiè）：残余的烛灰。
③ 银粉砑（yà）：光洁的银粉纸。砑，光洁。

初更打，问繁华谁解，再向天公借。剔残红烛②，但梦里隐隐、钿车罗帕。吴笺银粉砑③，待把旧家风景，写成闲话。笑绿鬟邻女，倚窗犹唱，夕阳西下。

评注

　　清·李调元《雨村词话》：伯可词名冠一时，有上元《宝鼎现》词，首句"夕阳西下"。蒋竹山捷同时人，作《女冠子》词咏上元，结句云："笑绿鬟邻女，倚窗犹唱，夕阳西下。"其推重当时如此。

　　清·陈廷焯《白雨斋词话》：极力渲染，"而今"二字，忽然一转，有水逝云卷、风驰电掣之妙。

张炎（五首）

张炎（1248—1314后），字叔夏，号玉田，又号乐笑翁，临安（今浙江杭州）人，祖籍秦州成纪（今甘肃天水）。南宋末元初著名词人，张俊六世孙。祖父张濡，父亲张枢，皆能词善音律。张炎前半生富贵无忧。1276年，元兵攻破临安，南宋覆灭，祖父张濡被元人磔杀，家财被抄没。此后，家道中落。张炎曾北游燕赵谋官，失意南归，长期寓居临安，落魄而终。著词集《山中白云》，现存词302首。

高阳台·西湖春感

接叶巢莺，平波卷絮，断桥斜日归船①。能几番游，看花又是明年。东风且伴蔷薇住，到蔷薇、春已堪怜。更凄然，万绿西泠②，一抹荒烟。　　当年燕子知何处？但苔深韦曲③，草暗斜川④。见说新愁，如今也到鸥边。无心再续笙歌梦，掩重门、浅醉闲眠。莫开帘，怕见飞花，怕听啼鹃。

① 断桥：西湖孤山侧桥名。

② 西泠：西湖桥名。

③ 韦曲：在长安南皇子陂西，唐代诸韦世居此地，因名韦曲。

④ 斜川：在江西庐山侧星子、都昌二县间。陶潜有游斜川诗，词中借指元初宋遗民隐居之处。

评注

清·刘熙载《艺概》：今观张王两家情韵，极为相近，如玉田《高阳台》"接叶巢莺"与碧山《高阳台》之"浅尊梅酸"，尤同鼻息。

清·陈廷焯《白雨斋词话》：玉田《高阳台》，凄凉幽怨，郁之至，厚之至，与碧山如出一手，乐笑翁集中，亦不多觏。

八声甘州（记玉关踏雪事清游）

辛卯岁，沈尧道同余北归①，各处杭、越。逾岁，尧道来问寂寞，语笑数日，又复别去。赋此曲，并寄赵学舟②。

记玉关踏雪事清游③，寒气脆貂裘。傍枯林古道，长河饮马，此意悠悠。短梦依然江表，老泪洒西州④。一字无题处，落叶都愁。

载取白云归去，问谁留楚佩，弄影中洲。折芦花赠远，零落一身秋。向寻常、野桥流水，待招来，不是旧沙鸥。空怀感，有斜阳处，却怕登楼。

①"辛卯岁"两句：元世祖至元辛卯年（1291年），词人与沈尧道同游燕京（今北京）后从北归来。沈尧道：名钦，张炎词友。

②赵学舟：张炎词友。

③"记玉关"句：指北游的生活。他们未到玉门关，这里用玉关泛指边地风光。

④西州：古城名，在今南京西。此代指故国旧都。

评注

清·陈廷焯《白雨斋词话》：苍凉怨壮，盛唐人悲歌之诗不足过也。

解连环·孤雁

楚江空晚，怅离群万里，恍然惊散①。自顾影，却下寒塘，正沙净草枯，水平天远。写不成书，只寄得、相思一点。料因循误了②，残毡拥雪，故人心眼。　　谁怜旅愁荏苒，漫长门夜悄③，锦筝弹怨。想伴侣，犹宿芦花，也曾念春前，去程应转。暮雨相呼，怕蓦地、玉关重见。未羞他、双燕归来，画帘半卷。

①恍然：失意的样子。

②因循：随便。

③长门：汉武帝时陈皇后被弃置的冷宫。这里用冷宫衬托孤雁。

评注

清·吴衡照《莲子居词话》：咏物虽小题，然极难作，贵有不粘不脱之妙，此体南宋诸老尤擅长。……《孤雁》云："写不成书，只寄得、相思一点。"数语刻画精巧，运用生动，所谓空前绝后矣。

疏影·咏荷叶

碧圆自洁，向浅洲远浦，亭亭清绝。犹有遗簪，不展秋心，能卷几多炎热。鸳鸯密语同倾盖①，且莫与、浣纱人说。恐怨歌、忽断花风，碎却翠云千叠。　　回首当年汉舞，怕飞去、漫皱留仙裙摺。恋恋青衫，犹染枯香，还叹鬓丝飘雪。盘心清露如铅水，又一夜、西风吹折。喜净看、匹练飞光，倒泻半湖明月。

① 倾盖：途中停车交谈，两车车盖相接。

评注

清·张惠言《词选》：此伤君子负枉而死，盖似李纲、赵鼎之流。"回首当年汉舞"云者，言其自结主知，不肯远引。结语喜其已死，而心得白也。

月下笛（万里孤云）

孤游万竹山中①，闭门落叶，愁思黯然，因动黍离之感②。时寓甬东积翠山舍。

万里孤云，清游渐远，故人何处？寒窗梦里，犹记经行旧时路。连昌约略无多柳③，第一是难听夜雨。漫惊回凄悄，相看烛影，拥衾谁语？　　张绪，归何暮④？半零落依依，断桥鸥鹭。天涯倦旅，此时心事良苦。只愁重洒西州泪，问杜曲人家在否⑤？恐翠袖正天寒，犹倚梅花那树。

① 万竹山：在今浙江天台。

②《黍离》：《诗经·黍离》，写周朝的志士看到故都官里尽是禾黍，悼念国家的颠覆，彷徨不忍去，而作此诗。

③ 连昌：唐别官名，在今河南宜阳。约略：大约。

④ 张绪：少有文才，风姿清雅。此处词人自比。

⑤ 杜曲：唐长安城南名胜地。此指故国家园。

评注

　　清·周济《词辨》：玉田，近人所最尊奉，才情诣力亦不后诸人，终觉积谷作米、把揽放船，无开阔手段。

　　清·陈廷焯《词则》：骨韵俱高，词意兼胜，白石老仙之后劲也。

潘希白
（一首）

潘希白，生卒年不详，字怀古，号渔庄，永嘉（今浙江湖州）人。南宋理宗宝祐元年（1253年）年中进士。存词1首。

大有·九日①

戏马台前，采花篱下，问岁华、还是重九。恰归来、南山翠色依旧。帘栊昨夜听风雨，都不似、登临时候。一片宋玉情怀，十分卫郎清瘦②。　红萸佩，空对酒③。砧杵动微寒，暗欺罗袖。秋已无多，早是败荷衰柳。强整帽檐敧侧，曾经向、天涯搔首。几回忆、故国莼鲈，霜前雁后。

① 大有：词牌名。双调99字。

② 卫郎：卫玠，晋人，身体消瘦，早夭。

③ 红萸佩：佩戴茱萸，以避灾避邪。

评注

清·查礼《铜鼓书堂遗稿》：用事用意，搭凑得瑰玮有姿。其高淡处，可以与稼轩比肩。

彭元逊，生卒年不详，字巽吾，庐陵（今江西吉安）人。景定二年（1261年）参加解试。与刘辰翁有唱和，宋亡不仕。存词20首。

彭元逊（二首）

疏影·寻梅不见

江空不渡，恨蘼芜杜若①，零落无数。远道荒寒，婉娩流年②，望望美人迟暮。风烟雨雪阴晴晚，更何须，春风千树。尽孤城、落木萧萧，日夜江声流去。　　日晏山深闻笛③，恐他年流落，与子同赋。事阔心违④，交淡媒劳，蔓草沾衣多露。汀洲窈窕余醒寐，遗佩环、浮沉沣浦。有白鸥、淡月微波，寄语逍遥容与。

① 蘼芜、杜若：皆为香草名。

② 婉娩：柔顺；温和。

③ 笛：这里指《梅花落》笛曲。

④ 阔：疏阔；久违。

[评注]

清·陈廷焯《白雨斋词话》：忧深思远，于两宋外，又辟一境。而本原正见相合。出自元人手笔，尤为难得。

六丑·杨花

似东风老大，那复有、当时风气。有情不收，江山身是寄，浩荡何世？但忆临官道，暂来不住，便出门千里。痴心指望回风坠。扇底相逢，钗头微缀。他家万条千缕，解遮亭障驿，不隔江水。　　瓜洲曾舣①，等行人岁岁。日下长秋②，城乌夜起。帐庐好在春睡。共飞归

① 瓜洲曾舣：瓜洲。此泛指渡口。舣，停船靠岸。

② 长秋：汉宫名，皇后所居。此为泛指。

③ 愔愔：静寂无声貌。周邦彦《瑞龙吟》："愔愔坊陌人家，定巢燕子，归来旧处。"

④ 青门：古长安城门名。此借指南宋旧都城。

湖上，草青无地。悁悁雨，春心如腻③。欲待化、丰乐楼前帐饮，青门都废④。何人念、流落无几。点点抟作⑤，雪绵松润，为君裛泪⑥。

⑤ 抟(tuán)：揉捏成团。

⑥ 裛(yì)：通"浥"。沾湿。

评注

清·沈雄《古今词话》:《松筠录》曰：宋季高节，盖推庐陵、吉水、涂川，亦同一派……至若彭巽吾名元逊，罗壶秋名志仁，颜吟竹名子俞……皆忠节自苦，没齿无怨者。必欲屈抑之为元人，不过以词章阐扬之，则亦不幸甚矣。

黄公绍，生卒年不详，字直翁，宋元之际邵武（今属福建）人。咸淳进士，入元不仕，隐居樵溪。著《古今韵会》，以《说文》为本，参考宋元以前字书、韵书，集字书训诂之大成。另有《在轩集》。

青玉案（年年社日停针线）①

年年社日停针线②，怎忍见、双飞燕。今日江城春已半。一身犹在，乱山深处，寂寞溪桥畔。
春衫著破谁针线？点点行行泪痕满。落日解鞍芳草岸。花无人戴，酒无人劝，醉也无人管。

① 《全宋词》题为无名氏作。

② 社日：古时祭祀土地神的日子，分春社和秋社。此处指春社。停针线：唐宋时代旧俗，妇女在社日不得动针线。

评注

清·贺裳《皱水轩词筌》："落日解鞍芳草岸。花无人戴，酒无人劝。醉也无人管。"语淡而情浓，事浅而言深，真得词家三昧，非鄙俚朴陋者可冒。

清·先著、程洪《词洁辑评》：一词中"针线"字两见，必误。然俱有作意。

姚云文
（一首）

姚云文，生卒年不详，字圣瑞，号江村，高安（今江西高安）人。宋末元初知名文学家，咸淳四年进士。有《江村遗稿》。《全宋词》存词9首。

紫萸香慢（近重阳、偏多风雨）

近重阳、偏多风雨，绝怜此日暄明。问秋香浓未，待携客、出西城。正自羁怀多感，怕荒台高处，更不胜情。向尊前、又忆漉酒插花人①。只座上、已无老兵。　　凄清，浅醉还醒。愁不肯、与诗平。记长楸走马，雕弓笮柳②，前事休评。紫萸一枝传赐，梦谁到、汉家陵。尽乌纱、便随风去，要天知道，华发如此星星。歌罢涕零。

① 漉酒：滤酒。

② 笮(zuó)：竹制盛箭器。引申为射击。

> 评注

明·黄虞稷《千顷堂书目》：云尤工诗，人比之秦淮海。

明·林弼《林登州集》：宋遗老姚江村、洪泳斋、赵冽泉皆以经学称。

韩疁
（一首）

韩疁，生卒年不详，字子耕，号萧闲，有《萧闲词》，现存词6首。

高阳台·除夜

频听银签^①，重燃绛蜡，年华衮衮惊心^②。饯旧迎新，能消几刻光阴。老来可惯通宵饮，待不眠、还怕寒侵。掩清尊、多谢梅花，伴我微吟。　　邻娃已试春妆了，更蜂腰簇翠^③，燕股横金^④。句引^⑤东风，也知芳思难禁。朱颜那有年年好，逞艳游、赢取如今。恣登临、残雪楼台，迟日园林。

① 银签：计时的更漏。
② 衮衮：匆匆之意。
③ 蜂腰：古代妇女鬓发上的妆饰品。剪彩为蜂型饰鬟，故称"蜂腰"。
④ 燕股：燕钗。
⑤ 句引：引诱。句同"勾"。

【评注】

清·况周颐《蕙风词话》：此等词，语浅情深，妙在字句之表，便觉刻意求工，是无端多费气力。

黄孝迈（一首）

黄孝迈，生卒年不详，字德夫，号雪舟。有人称赞他："妙才超轶，词采溢出，天设神授，朋侪推独步，耆宿避三舍。酒酣耳热，倚声而作者，殆欲摩刘改之、孙季蕃之垒。"也有人评价："其清丽，叔原、方回不能加其绵密。"有《雪舟长短句》，存词4首。

湘春夜月（近清明）

近清明。翠禽枝上消魂。可惜一片清歌，都付与黄昏。欲共柳花低诉，怕柳花轻薄，不解伤春。念楚乡旅宿，柔情别绪，谁与温存。

空尊夜泣①，青山不语，残月当门。翠玉楼前，惟是有、一波湘水，摇荡湘云。天长梦短，问甚时、重见桃根。者次第、算人间没个并刀②，剪断心上愁痕。

① 尊：通"樽"。

② 者次第：这许多情况。者，同"这"。并刀：并州（今山西太原）的剪刀，当时以锋利著称。

评注

清·万树《词律》：此调他无作者，想雪舟自度。风度婉秀，真佳词也。或谓首句"明"字起韵，非也，如此佳词，岂有借韵之理。

李玉（一首）

李玉，生卒年及生平不详。《全宋词》收录其词 1 首。

贺新郎（篆缕消金鼎）

篆缕消金鼎①。醉沉沉、庭阴转午，画堂人静。芳草王孙知何处，惟有杨花糁径②。渐玉枕、腾腾春醒。帘外残红春已透，镇无聊、殢酒厌厌病③。云鬓乱，未忺整④。　　江南旧事休重省。遍天涯、寻消问息，断鸿难倩⑤。月满西楼凭阑久，依旧归期未定。又只恐、瓶沉金井⑥。嘶骑不来银烛暗，枉教人、立尽梧桐影。谁伴我，对鸾镜。

① 篆缕：香的烟缕，形如篆字。

② 糁（shēn）：米粒。此处是飘散的意思。

③ 殢（tì）：疲困至极。

④ 忺（xiān）：高兴；适意。

⑤ 倩：请托之意。

⑥ 瓶沉金井：指男女之间的爱情断绝。

评注

明·李攀龙《草堂诗余隽》：上有芳草生王孙游之思，下又是银瓶欲断绝之意。

宋·黄昇《花庵词选》：李君词虽不多见，然风流蕴藉，尽此篇矣。

清·陈廷焯《白雨斋词话》：此词绮丽风华，情韵并盛，允推名作。

查荎
（一首）

查荎，生卒年不详，约生活于北宋末至南宋初。现存词一首。

透碧霄（舣兰舟）

舣兰舟①，十分端是②载离愁。练波③送远，屏山遮断，此去难留。相从争奈④，心期久要⑤，屡变霜秋。叹人生、杳似萍浮。又翻成轻别，都将深恨，付与东流。

想斜阳影里，寒烟明处，双桨去悠悠。爱渚梅、幽香动，须采掇，倩纤柔。艳歌粲发⑥，谁传余韵，来说仙游。念故人、留此遐⑦洲。但春风老后，秋月圆时，独倚江楼。

① 舣（yǐ）兰舟：停舟靠岸。

② 端是：真是。

③ 练波：白绢一样的水波。

④ 争奈：怎奈。

⑤ 要：同"邀"。

⑥ 粲发：开口出声。

⑦ 遐（xiá）：远。

评注

清·贺裳《皱水轩词筌》：伤离念远之词，无如查荎"斜阳影里，寒烟明处，双桨去悠悠"，令人不能为怀。

吕滨老（一首）

吕滨老，一作"吕渭老"，生卒年不详，字圣求，嘉兴（今属浙江）人。北宋宣和末年朝士，与周邦彦、柳永相伯仲。有《圣求词》一卷，存词130余首。

薄幸（青楼春晚）

青楼春晚。昼寂寂、梳匀又懒。乍听得、鸦啼莺弄，惹起新愁无限。记年时、偷掷春心，花间隔雾遥相见。便角枕题诗①，宝钗贳酒②，共醉青苔深院。　　怎忘得、回廊下，携手处、花明月满。如今但暮雨，蜂愁蝶恨，小窗闲对芭蕉展。却谁拘管？尽无言、闲品秦筝，泪满参差雁。腰肢渐小，心与杨花共远。

① 角枕：床角装饰之枕。

② 贳（shì）：赊。这里是换的意思。

评注

清·王奕清等《历代词话》：吕圣求在宋不甚著名，而词极工。……诸调佳处不让少游。（杨慎评）圣求词婉媚深窈，视美成、耆卿伯仲。（黄昇评）

僧挥（一首）

僧挥，生卒年不详，字师利，俗姓张氏，名挥，仲殊为其法号，安州（今湖北安陆）人。曾应进士科考试。年轻时游荡不羁，差点被妻子毒死，遂弃家为僧，先后寓居苏州承天寺、杭州宝月寺。因时常食蜜以解毒，人称"蜜殊"。徽宗崇宁年间，自缢而死。

金明池（天阔云高）

天阔云高，溪横水远，晚日寒生轻晕。闲阶静、杨花渐少，朱门掩、莺声犹嫩。悔匆匆、过却清明，旋占得、余芳已成幽恨。却几日阴沉，连宵慵困，起来韶华都尽。

怨入双眉闲斗损，乍品得情怀，看承全近①。深深态、无非自许，厌厌意、终羞人问。争知道、梦里蓬莱，待忘了余香，时传音信。纵留得莺花，东风不住，也则眼前愁闷②。

① 看承：特别看待。全近：非常亲近。
② 也则：依然。

评注

宋·苏轼《东坡志林》：苏州仲殊师利和尚，能文善诗及歌辞，皆操笔立成，不点窜一字。予曰："此僧胸中，无一毫发事。"故与之游。

宋·黄昇《唐宋诸贤绝妙词选》：仲殊词多矣，小令为最。小令中之诉衷情又为最，不减唐人风味。